萬書書坊

远山

熊莺 著

陕西师范大学出版总社

图书代号：SK16N1404

图书在版编目（CIP）数据

远山/熊莺著.—西安：陕西师范大学出版总社有限公司，2016.11
　ISBN 978-7-5613-8722-1

　Ⅰ.①远… Ⅱ.①熊… Ⅲ.①纪实文学－中国－当代 Ⅳ.①I25

中国版本图书馆CIP数据核字（2016）第271397号

远　山　YUANSHAN

熊　莺　著

选题策划 /	刘东风
责任编辑 /	郭永新
文字编辑 /	张　佩　尹海宏
封面设计 /	观止堂_未氓
出版发行 /	陕西师范大学出版总社
	（西安市长安南路199号 邮编710062）
网　　址 /	http://www.snupg.com
印　　刷 /	中煤地西安地图制印有限公司
开　　本 /	787mm×1092mm　1/16
印　　张 /	14.5
插　　页 /	2
字　　数 /	135千
版　　次 /	2016年11月第1版
印　　次 /	2016年11月第1次印刷
书　　号 /	ISBN 978-7-5613-8722-1
定　　价 /	38.00元

读者购书、书店添货或发现印装质量问题，请与本公司营销部联系、调换。
电话：(029)85307864　85303629　传真：(029)85303879

这本书写给谁呢?

这本书写给谁呢？我以为，熊莺是写给自己，写给她出发的那个世界。她欲把"远山"引入这个世界的总体意识，凭着这本书，她意识到远山的人们不是"他们"，而是"我们"，是我们身体上麻木的一部分，是我们在奔跑中遗落的一部分。

——著名文学批评家李敬泽

另一种"客观"

——《远山》序

　　田园将芜，远人不归。熊莺写了这一本《远山》。

　　在暮色降临的大地上，这本书轻如鸿毛。熊莺所写的那些人——那些留在山村里的孩子、那些无依的老人，他们大概不会读这本书，而人在远方的孩子的父母、老人的儿女，他们更不会读。

　　那么这本书写给谁？

　　如同一般的非虚构写作一样，这本书是一个行动，熊莺走过很多山村，与孩子和老人交谈，在此过程中，她知道她会写一本书。我相信，她不得不思考，在这个世界上，是否有什么事会因这次行动而改变，哪怕是一点点。熊莺的远行不是游山玩水，她的《远山》之"远"主要不是地理的，而是相对于某种总体性的意识结构而言。她的行动是一次实践，一本书并非实践的终点，它应该在阅读者的意识和生活中延伸。

　　正是这个问题，最难将息。

　　不久前，读阿列克谢耶维奇的《二手时间》。读的时候，常常感叹：那些人，可真能说啊。整本书由诉说构成，那些俄罗斯人，在经历了历史巨变之后，他们在录音机前，面对着一个采访者，说出了如此多的话，历史如此清晰地在个人经验中呈现，一切似乎都可以形诸话语，滔滔不绝。

也许是，他们意识到他们参与了历史，他们的诉说和他们的愤怒、悲伤、迷惘都有一个对象，就是历史；历史以明确的时间线索提供了叙事，指引他们整理和组织经验，形成意识和话语。至少在诉说中，他们将自己历史化了，由此，个人生活变得有意义或无意义。

而《远山》中的那些孩子和老人，他们的话很少。如果熊莺把录音笔放在他们面前，现在，说吧！双方将会陷入难堪的沉默。

他们对着什么说呢？怎么说呢？关于乡村的变革，关于土地的流转，关于离散和远行，这一切当然是三千年未有之大变局，但谁曾活过三千年呢？历史的和经济学的话语并未充分地进入个人意识，中国的农民不善于自我表达，这并非由于知识水平和心智水平，而是，他们大多数时候是被说的，远方的话语在他们的经验之外运行。

所以，竟是无话可说。每一个坐在对面的人，都被围困在孤独的个人经验中。《远山》中最令人难以释怀的是那种沉默。我们看着熊莺在村庄中奔走，我们知道她希望和那些人深入交谈。但她不得不以自己的声音补充那广大的沉默，不得不在她所携带的社会历史景深中解说沉默。这就好比，一个摄影师拍摄人像，人是真的，背景也是真的，但图像中人对自身的背景并无意识。

在这里，存在两种时间，历史的时间和个人生活的时间。熊莺的表以历史时间为标记，她明确地知道，那些老人和孩子的命运属于一个规模巨大的历史进程，但问题是，老人、孩子或者他们远在他乡的亲人，并没有熊莺手上的那块表，他们不是按照那块表组织意识和话语的。这里的历史更像年鉴学派的长时段历史，它不提供故事，它不被意识，它如同空气、水和土地，是沧海桑田，但也是日复一日，人们在其中生老病死，如草木枯荣。

熊莺在两种时间之间，想必充满了挫折感。作为一个转述者，她面对特殊的难度，就像油与水不相融。这个城里人、这个去往远方的人，赋予行动和写作实践意义，显然认为自己应为某种改变尽微薄之力。于是，她无法像阿列克谢耶维奇那样自信，相信自己与对话者分享着共同的历史意识或历史感；也无法像另一个非虚构写作者梁鸿那样，把"改变"的向度悬置起来。她力图使两种分裂、隔绝的时间达成一种统一的意识，但她又是如此慎重，她并不确信自己能够改变什么；她的挫折感来自于她很像一个知识分子，但同时又对知识分子式的傲慢自信怀着警觉，所以最终，她在这本书中更像一个羞涩的、善良的、力图分寸得当的客人。

生活中的熊莺也正是这样的人。此身原是客，不做惊人语。在远山之间，这恰恰成为一种诚恳、有效的态度和方法。熊莺小心翼翼，对远山之事怀着敬慎，她讲出了关于真实、关于爱、关于困顿劳苦、关于失败和凋零、关于孤独离散的种种故事，讲这些事时，她深知，煽情是轻浮的，评判是轻率的，阐释是残酷粗暴的，她几乎是怀着歉疚在述说，一种对述说本身的歉意，一种来自自身世界的歉意。

回到那个最初的问题：这本书写给谁呢？我以为，熊莺是写给自己，写给她出发的那个世界。她欲把"远山"引入这个世界的总体意识，凭着这本书，她意识到远山的人们不是"他们"，而是"我们"，是我们身体上麻木的一部分，是我们在奔跑中遗落的一部分。尽管这件事其实已经通过媒体、通过公共讨论逐步设置在我们的意识之中，但熊莺几乎是出自本能、出自心性的羞涩和歉疚却作为具有内在性的实践为这一过程提示了新的向度：远山不是仅仅靠着移情、修辞乃至政策的认领就能够回归，在移动远山时，我们必须改变自己——我们是客，此山为主。这里的人们自为主体，问题不仅在山向我来，更在于我向山去，而这需要另一种"客观"：熊莺笔下那种伦理的和美学的谦卑、自制、迟疑、羞涩。

轻如鸿毛的书，轻轻地、珍重地飘荡在远山的沉默和我们奔腾的喧嚣之间。

李敬泽

2016 年 10 月 5 日上午

目录/CONTENTS

古道 / 1

女孩 / 21

空村 / 41

辛夷花下 / 59

上学 / 75

小镇 / 109

虫儿飞 / 131

父亲 / 153

清秋 / 175

吾乡 / 193

谁在卜算生命的成型（后记）/ 211

古道

摩托车突兀地碾在这夜。夜漆黑如墨，浓墨洇染的夜，山无棱，天地屏息。四下里没有犬吠，甚至你不知，远处的梁上或者山腹人家，有没有一只黄狗正被惊动，竖耳向车声方向望过一望。

白日里走过这山路，我知道，我要回到的住处，过了一堆被毁的牌坊乱障、一方大磐石，越过激流中那些嶙峋的山石，河岸边，在一对长满青苔与荒草的"桅杆"旁，一家曾经的古驿站——如今只有两位老人栖居的一排老屋，其中的一间，便是。

有了水流声。"家"快到了。

有狗单调地叫。屋里的老人是不是也听见了我搭乘摩托车回家的声音。远远的夜空，一盏路灯从半空中亮起来。

老人踩着一河乱石过来接我。电筒的光，织出一匹雾茫茫又娇嫩的绸。

深谷里，山为帐幔，曾经人流如织的古驿道，秦巴山中，四川万源庙垭乡名扬村的龙王桥头，这里，已经很久很久没有人造访了，更别说，夜归人。

第一日，农历二十一
旧客栈

夜寒。"客房"不大，七十多年前的老屋，门闩已插不上。深谷里当是无人，轻轻掩上也罢。

人在被子里，头上有风过。一条丝巾缓缓罩着。

这一夜，有鼠窸窣。隔一时，猪又猛地嚎起来。都不喧嚷了，门前的河水才亮出了它绕石戏卵的欢声来。

1942年，这老屋的主人，来接我过河的王新成诞生在这里时，没有人能说得清他的祖上已在这里居住了多少辈。"自从盘古开天地，我家可能就住这里了。自从有人烟起，这龙王潭的龙王河上可能就有桥了……"

新成老人所说的桥，一堆一堆化作乱石与桥墩就躺在门前我走过的那条河里。河二十余丈宽，最古老的一堆遗址，要算龙王潭边的那一纵。

桥墩一级一级隔在河中，当年的石桥或许并不宽，厚厚的石条就架在桥墩上。没有护栏。

其实这里原本无路，也无桥。这路，是为一个女人而开的。逢山开路，遇河架桥，天子的女人钟爱一口荔枝，于是便有了这路。从涪陵（今重庆境内）启程，经绥定（今四川达州），过今天的达州宣汉、万源（鹰背乡、庙垭乡）等地，入陕西镇巴。每二十里一驿，一千多公里地，翻巴山，越秦岭，直抵长安子午道，直达当年锦绣宫中。百马毙山中。"一骑红尘妃子笑，无人知是荔枝来"，是后来杜牧过华清宫时的怅惘。

后来的光阴里，这条荔枝道，成为川陕客商往来的要道。

新成这一辈人有记忆的是，下到绥定府，上到西安，当年都得从这路这桥过。行马的，背盐的，背棉花、桐油、布匹的，还有邮差、自上而下的官差，无一例外。

在更早时候的旧时光里，这村子里，后来及第的举人张玉恩当年赶考，当然也走这路。

张氏三兄弟那年一同赴考。那日许是涨水，三人已涉水过去了。回首间，水湄旁，一女拎裙蹙眉。长兄玉恩遂又趟身过去背她过河。

那时节，礼教森严，君君臣臣父父子子，自有次序，男女授受不亲。之后在考场外，玉恩反复遭两位弟弟开心戏谑。

有看客那日一旁搭讪，如他能就此赋诗一首，你二人遂不得再取笑兄长，若何？

玉恩挥毫成诗：

> 二八佳人江阻流
> 书生权作渡人舟
> 暂将笔手挽花手
> 恰似龙头对凤头
> 三寸金莲离水面
> 十分春色惹人愁
> 轻轻放在临江岸
> 两下无言各自休

看客不露声色，只是颔首，然后遁去。后来知道此人正是微服私访的考官。一首诗中了举人，这条故径上一时吟诗成风，繁花朵朵。

……

也是于明清的旧时光里，新成家的门前，一喜一忧还发生了两桩事。

新成的姑祖母跳了崖。

丽人初嫁，夫婿患病过世。后来，怎奈夫家的公公动了邪念。那一日，初经雨露的女子从一旁的嘉裕寺里缓缓走出来，净过身，换上新衣，她从庙垭乡的豹子坎，纵身一跃。

故事随风传到了长安，皇帝特赐殉夫守节的民女，贞节牌坊一座。

三重门三层高的石雕牌坊上，乡人与往来过客远远便能看见牌坊匾额处的四个大字："圣旨旌表"。

另一桩事的主人公是新成的高祖父。

不知是否生于深谷长于深谷，飞禽走兽皆可为猎物，新成的高祖父酷好箭术。那一日，绥定府来人在乡里设考点选武秀才。已近日落，人才未出。从山里下来的新成的高祖父，撇开人群探出头来向里张望，主考官让他前来一试，他应声上前。这一抬手，他成了这个乡有史以来第一位也是唯一的一位武秀才。

官府给武秀才立的桅杆，就竖在客栈前那临河的岸边。似佛塔又似华表的桅杆在那里一站，已是一二百个春秋。

第二日，农历二十二
新成

有时，新成也道不明，自己为啥不舍得搬家。

门前延伸出去一个院坝，高高筑起的堤坝那沿河的一面，柔柔的一弯新月围过来，天地间，仿佛一个舞台。

每个清晨，新成一早就出现在舞台上。

厨房里二十多只鸡，一早打鸣，新成一开门，鸡子噗噗地跃出房门外，向舞台奔去。老人舀一瓢米，撒出去，鸡子围上来，一会儿工夫，地上留下一撮一撮的粪。

独自于舞台上打扫鸡粪的新成,他的右侧,舞台之外,一对桅杆;河对岸左前方的山道上,山门一样的一道牌坊,巍峨矗立。河水于他的脚下,清冽冽地流。

儿时的新成一家,就住在我所客居的那一处老屋里。屋子自带夹层,上面可储物可住人。这一屋相邻三四米远处,有同样的另一处老屋。两处老屋之间,当年是高二丈多的一间堂屋。婚丧嫁娶,逢年过节,堂屋仿佛是一家人的"会所"。

那时,父母与再高一辈的老人都健在,每逢过年,高堂在上,新成和他的弟弟,穿着斜襟的半长棉袄,一双初染尘泥的新鞋,跪在堂屋的地上,一叩头,二叩头,三叩头。然后,堂上的长辈便给晚辈发红包。红纸对角四叠而成的小纸包里,五角钱,算是大喜钱了。拿着红包,他往门前的桅杆方向跑,他的亲弟弟跟出来,两兄弟围着两根桅杆,没头没脑欢喜地追跑。

一家人那时以开店为生种田种地为辅,他家的老屋里,一个家家都有的那种"火龙坑",地窖似的三四尺见方的一塘火,隆冬里取暖、烧水、做饭都靠它。黑黑的一把壶悬在柴火上。新成记得,坑旁睡了一地"背老二"(背夫),渴了,这些穷苦的脚力自行取壶倒水。饿了,脚力们自己囊中带着米,新成家做过饭了,他们就借主人家的灶具行个方便。所谓消费,吃茶,住店,玩耍,吃饭,几分钱,一毛钱,一宿或一餐,店家都在收。

若是夏天,他家的门前,以及门前的院坝,连接院坝的六七尺宽的石桥上,都躺满人。新成还记得那一次,桥上一个背老二梦里翻身,一下子翻到桥下了。

待到那一天,新成的小儿子在桥上戏耍,从桥上翻下河时,新成已是两子三女,五个小孩的父亲。小儿子摔得昏迷过去,人事不省,他和孩子娘抱起孩子往村卫生所跑。孩子头上缝了六七针，两个大人哭作一团。

这一舞台上，除了家族戏，一段段历史的折子戏，也在此更替。

1958年，响应国家号召，生产队里建了公共食堂，所有人家的锅碗瓢勺，但凡铁器全得交公。他的家庭与这个乡村所有家庭一样，他们从自己的祖屋迁出，迁徙到山那边队里统一的公社住处。社员统一劳作，统一食宿。每一个劳动力的工作量，以"工分"量化，每餐饭，以家为单位，去食堂按规定份额打回一盆来，再分餐。

菜与饭都在那一盆薄粥薄汤里。

1961年，"公社食堂"无以为继，社员们可以再次回自己的家园时，新成一家人，也回到自己的祖屋。他的家，那时已成了生产队的养牛场。推开房门，家已不成家。

就在那一年，二十一岁回乡的中学毕业生新成，做了队里的会计。在他家的门前，舞台上，新成看见，舞台边，一个男子饿死了。不久，桥头上又一个路人饿死了。后来，他的姑老表写信想来他家度日子，结果姑老表行到半路已快到新成家时，也饿死了。新成的父亲买来四块楼板，葬人时，新成看见他年轻的姑老表的一双脚，直直地伸在楼板外……

新成的母亲不相信天要绝人，他家开始垦荒，向屋前屋后的深山里悄悄讨生活，一家人，总算度了过来。

命运再一次向这个家庭挑战时，是"文革"。为何让新成做村革委会主任，他至今不明白。他唯一能做的是，不辱没祖上。

凡是从上面押下来被批斗的人，说话慢吞吞的他总是首先申请，能不能放到我们队去"斗"？那人被他领回家，一住半年。每日由父亲陪着上山散心。

还有一次，上面通知他去达县执行任务，"红卫兵"将一个会场围得水泄不通，他远远看见，台上一个人被反剪着手，头上一顶纸糊的尖帽。有人问一句，那人答一句。"当权派"是山东人，讲当地人听不懂的外乡话。"当权派"答一句，一旁的红卫兵翻译一句。"当权派"始终重复着："都是上面让我做的""都是上面让我讲的"……

王新成从一场闹剧中默默退场，他所在的山村，以及整个华夏大地不久之后，都回到了相对正常的生活。

孩子娘

一只狗静静地望着河岸，一只猫蹲在门前。

"猪昨夜叫唤得厉害。"我跟舞台上正忙着清扫鸡粪的新成老人说。

"是吗？"他往猪圈那边去。

"怕猪仔们拖累母猪，我把它们隔开的。可能是母猪的奶胀了。"他笑。

一排石屋猪圈，第一厢与第二厢之间的石墙间，一个可容一只猪仔过去的小洞前，一块石片抵在那里。一只母猪耷拉着空空的身子立在中间，这一边，七只猪仔望着圈外。老人回头抱来一抱头一天采下的苕藤，转身又进屋舀来一瓢粉状的糠料。

"不用煮熟吗？"我诧异。

"家属（当地人都用这称谓）病了，莫人煮。"他转脸笑笑，又去厨房舀来一瓢白米往猪圈去。

他的家属，戴一顶毛线帽子，苍白着一张脸此刻坐在我隔壁，他们所住的那一处老屋里的一张空空的沙发上。那屋是新中国成立后修的，前厅后屋，厅连通厨房，厨房里又生出一屋。

老太太患了重症,来日已不多,不知她自己可知。她嘶哑着声音唤我:过来烤火。

屋后屋前都是山,砍一坡柴,家里要用许久。火盆里的火,红得透明。

从前这里好热闹。

背二哥们打门前过,相识不相识,路上相遇了,自成队伍,无须言语,走在最前面的一个,背上的货重如山,他使手里的木杵,笃笃笃,在石板道上跺几下,后面的人,几十甚至上百的背二哥,依样传递。击地声,如同古寺里的打板声,清清脆脆地响彻山谷。然后脚力们用木杵支着自己的背篓,成列休息。

吃饭时,他们就地拾些柴火架起锅来便煮。菜,是自家的老咸菜。60年代,那时她已嫁过门来,遇着她正下厨,她总会拿些刚起锅的菜往他们碗里撒。

作为孩子娘,她最怀念的一幕是,她的一群孩子围着桄杆,没完没了地玩一种游戏。丢手帕。

四个小孩手拉手围着桄杆蹲在地上,闭着眼,一个小孩在他们身后吟唱。歌断帕落,帕落谁家,那个小孩就得起来唱首歌。

另一根桄杆下,蹲着的是新成弟弟那一房的几个孩儿。

新成家就两兄弟,新成为长,后来人多了,这个始终没有分家的大家庭,又给新成的弟弟家那一脉人,在旁边盖了一排三开间的房。那屋基,民国时原是一排客栈,后被一伙"棒老二"(山匪)点火毁了。河对面的牌坊附近,后来又盖起了一间房给新成弟弟后人的后人住。

这一脉血亲发下来,这条深谷沿河的两岸,逢年过节最热闹时,大大小小近三十口人,约占当年这个生产队上总人数的五分之一。

……

70年代，队里在她家附近修磨房，那时土地还没有下户，队里的磨房就建在桤杆侧的河岸上。从高处引水，水带动木头水车，水车再带动磨盘，然后发电，磨粉，制面。那时这整个院坝里，一旁的几畦菜地里都晒满了面条。除去本乡，外乡人也翻山越岭过来换面。一斤麦子换八两面，不再收加工费。每天来换面条的人，络绎不绝。

遇天气不好，客人一时还取不够面。

土地下户后的20世纪80年代，这里还热闹过一阵。那时公路还没有通到这里，山洪再一次冲毁了大桥，几里几乡的乡人，集资建桥。新成当时已是龙王桥队的生产队长，由他出面，化来两千多斤米，和如小山头一样的青菜，堆在他家。他们请来开县的匠人过来建桥。整整忙碌了半年。大桥竣工那天，十里八乡的人都赶来了。

她家门前的舞台上摆起了坝坝宴庆祝，她做的几甑子饭，全被吃光了。

只可惜，一年后，山洪最后一次带走了这桥。

山洪是大山这任性女子所发的脾气。最让这人间女子犯难的是那一回，那天她与新成过河出工，早上出门时，风和日丽，待到收工时，一场大雨，河水须臾之间没过了他家门前的院子。惊涛拍岸，只听得一屋孩子远远地哭闹，他二人却无法回家。新成找到村支书，村上再找到乡上，最后由乡上出面派出一辆专车送他们去了远山的鹰背乡。二人从高高的鹰背山脊翻山回到家时，已是深夜。

那夜她将惊魂未定的孩儿们一抱揽在怀里，新成将栏里的猪、牛等家畜急忙往半山坡上赶。

波涛汹涌的那一河水怪兽，唯一没敢滋扰的地方，是地势与院坝一般高的那一对桤杆下。

孩子

　　土地下户后,新成家以五百元,购得了那座水磨房。80年代末,新成家成了这村庄第一个"万元户"。

　　生于1968年的新成的长子福庆,那时正青春少壮。中学毕业的他回乡务农,晚上磨面做面,白天卖面,福庆成了家里的主要劳力。新成家妻贤、子孝、老慈。那时除了福庆外,家里其余几个孩子都在乡上念书。孩子们住校,每周日下午带上一周的七八斤米,一瓶炒好的咸菜,每人给一两元于学校打菜的菜钱。逢着周六娃娃们整整齐齐都回来了,隔壁弟弟家的一脉人也过来吃饭。

　　那是一生中新成觉得最快乐的时光。

　　"——咦!全家一大屋子人呢!"新成那日眉开眼笑。

　　福庆决定出去打工那年,已是三个孩子的父亲。三十岁的福庆那年出发,事先没有征兆,过完大年,他突然提出,想去达县打工。

　　新成没有拦他。他知道福庆有梦,像村里所有那一座又一座青瓦院落里的年轻人一样,他想走出那一垄一垄的祖屋,出山去看看。

　　"就带这么点衣服?"他问福庆。

　　福庆头也没回就走了。福庆身后,村里小春的麦苗,已有韭菜高。

　　村上开了一纸介绍信,就带了五六百元车钱,福庆上路了。福庆先去了万源,后来去了达县,再后来去了越来越遥远的南方深圳。

　　福庆一走十四五年,如今深圳已成了福庆真正意义上的故乡。福庆全家安家深圳,大女已嫁作人妇,二子大学毕业,在北京一家建筑公司工作。福庆的三女儿,学化工,今年刚考上重庆一所大学。

　　跟着福庆去外面看世界,新成的其余几个孩子中除了二女嫁了邻乡人，一个儿子，两个女儿，都在不同的城市做工。

几年前，孝顺的福庆接新成夫妇去深圳玩，后来，在北京做包工头的小儿子，又请他二老去北京开眼界。城里的热闹、繁华，乡里自然是比不了，但城里样样都得花钱，这让二老不甚习惯。尽管两个孩子都盛情挽留，但他们执意要回家。在家里，地里随意采一把青菜，挖一锄红苕就可以过日子。最重要的，白日里，孩子们上班上学去了，忙了一世的二老，无所事事，惘若废人。

再回到龙王桥时，新成发现，他弟弟家的一脉人正商议在县城购房的事。新成弟弟家的几个娃也悉数去了城里打工。不久之后，新成弟弟全家，连同子子孙孙，全搬去了达县和万源城里。至此，曾经有着近三十口人住在这里的家，这个热闹了上千年的舞台上，一束追光中，只剩下，孤零零的新成与他的结发老妻。

已记不得是哪一年，万源市罗文镇经庙垭乡到鹰背乡的公路通车了，新成家的门前，行人渐少。

2000年之后，这段公路上全线跑起了私营汽车，新成家的门前，这条曾经的古道，再无人迹，除了这一对背微驼的老人，以及孩子娘用苍老的手指给我看，那墙上布满尘埃的一个旧相框里，她曾一把揽在怀里的那几个小娃。

永怀

"……知柏树儿知柏尖，阳雀笆（筑）窝笆（筑）中间，哪个捡到阳雀蛋，十个儿子九个官。"

"一声哟嗬号，（众）哟儿哟嗬嘿。二声哟嗬号，（众）劲展一。三声哟嗬号，（众）齐冒力……"

"大山翻过梁山伯,小山翻过祝英台……朝中要数哪个强,文官要数包文正,武官要数杨六郎……"

另一丛空荡荡的院落,这村庄年岁最长的知客师唱耕田、打夯、拉石头筑路上坎的山歌给我听。"山歌本是乱劈柴,哪里想起哪里来。"厚厚的棉衣棉帽里,老知客师张达信老人,像个叽叽咕咕快乐呢喃的婴儿。但他一旦入角儿,那声音仿佛自天外而来,异常亮堂。

达信老人家的后生们也都差不多进城做工去了,于"冂"字形大院的青石板院坝,他的三岁的小孙女依在他怀里,仰着头看他唱歌。

村支书永怀的家,就在达信家不远的山坡下。1962年出生的永怀,他的三个成年的孩子,也都进城务工去了。

那个午后,他埋头往他家的火龙坑里不住地添柴。在村小念书的一对小孙头摇摇晃晃背着书包从光亮处走进屋来。

正念小一和小二的两个孙头就读的是本村的村小,村小共有二十几个娃。当年永怀也于此念书,他上一辈人新成老人儿时也在此发蒙。

寺庙不大。新成念书时,佛堂外,一位善知识捐建了规模庞大的一座过殿,过殿里一尊观音圣像。四周无数的小菩萨。下课时,娃娃们就在菩萨像间穿来跑去。过殿毁于破"四旧"。永怀念书时,这里只剩下原来那间老佛堂了。老佛堂张举人那个时代便有了,如今更名义庄寺。

义庄寺佛堂不足五十平方米,须弥座的莲台上,三尊佛菩萨。空空的堂前,永怀记得,当年自己念书时,几个年级的学生分年级坐在一起。同一个老师分时段,给不同年级的学生上课。

如今的村小依旧于此,不同的是,寺庙只是学校一景,这座古老山村的镇村之宝。学生坐进了寺庙一旁盖起的两间教室里。

寺庙的后面,不远处的村北,是举人张玉恩的"山"(墓)。那日去朝"山"，一棵几人才能环抱的银杏树，树前是举人壮观的墓群，树后是举人的后人所居住的祖屋。倒"凹"形的院落，瓦檐下晒满玉米，一隅的风车上栖着鸡子。一条狗远远地吠。凹字最中间，那间乡人祭祀拜高堂用的堂屋屋檐，檩上瓦片稀疏，堂屋里恍若天井，一丛竹子，从屋内高高地穿出屋顶。

许久，有人从拐角处的一间屋里走出。

他是举人的第六世后人。住了整整六辈人，老人张德金说，他的所有亲人，他的兄弟姐妹们以及他们的孩子们，都走了。自己的三个儿子也去了远方，一个在海南，一个在深圳，一个在太原。孝顺的娃们走出了大山，先后带走了生养他们的长辈。

老人纤纤弱弱地笑。他的身后，出走人家的一组组联系电话，这些城里与乡间最脆弱的最后一线依恋，几扇紧闭的木门上，歪歪扭扭地写了一门。

……

在这座有着一百一十多亩土地，面积约五平方公里的田陌间，星星点点地憩满这样的寂寞院落。这是村支书一头浓发早早白去的原因。

那晚去村主任家吃饭，摩托车停在远远的村公路口，我们沿着一条杂草丛生的乡间山径前行，不几步路，天就黑尽。径旁，偶然一星亮，或是一盏灯。永怀叹，"这院……也只剩两位老人……"

一千四百多人的一个古老村庄，留下两百多号老人及两百多名儿童，有的生产队年轻人几乎尽数出走。全村最年轻的劳动力在五十岁以上，这样的"老年农业"该如何生存与发展，夜里，他常常猛地惊醒，再无睡意。

那夜在村主任家，村支书，村主任，还有村小的校长，村里的三个"年轻人"一边吃一边算一笔账。年前他们自费去外地考察，今年

有明月的清晨,那一门电话号码,谜一样安静

村里种了一种韩国辣椒，这里的土地富含对人体健康有益的微量元素"硒"，他们厉兵秣马，准备以健康食品"万源红"去突围。

一亩辣椒，是过去种小麦收成的四倍，全村共七个村民小组，哪一组种植多少，收成几何，他们很平素地聊天，我却于心底不敢有丝毫懈怠地默默记下。头一天，村小王校长的话，我也记下了，记在心底的另一页：

村小目前尚需：

篮球两个

教学用的米尺和积木各一

教学用的正方体、长方体、圆柱体模型各一

还有一项，因费用较高，他们一时未敢设想：村小升旗用的旗台和旗杆。材料加上人工费用约需两万元。这是必须要有的，因它所开启的，是人的敬畏之心。无论于国家，于尊长，还是于天地于鬼神于万物，有敬畏心，人方有风骨，一个时代方有可以繁衍延续的精神根基。从前村小的旗杆是有的，树木做的，后来因建教室被拆。村上期待能建一个像样一点的旗台。

……

年轻人都在城里做工，这里其实不缺乏城里人才拥有的消费特权。每一家几乎都有一种可以一边取暖一边煮菜的火锅电桌子。此外，各式城里流行的实用小家电，在外的游子们总是第一时间买好后速寄回家。手机更是普及到了每一户，甚至每一位留守于故乡的老父老母，各一部。

山那边的新成老人来电催促我回家，坐在永怀支书的身后，漆黑中，看不见四下里，刚播下的小春作物小麦的麦苗。摩托车于山路上颠簸，我想象，它是麦苗正一点点在破土。

第三日，农历二十三
早酒

传说当年外乡的匠人给那牌坊戴帽，始终不顺，后来匠人悄悄询问新成姑祖母的母亲，此前老夫人可有言行不妥处？老夫人直摇头。想想将正纳鞋底的针往头上一划，又细声道：倒是有一回，一对鸡子正行那个（交配），我冲着它们笑了一下。

这一讲，帽子戴上去了。

古老的村落不乏古老的温情与文明，也不乏古道热肠。

整个山村没有餐馆，连日来，我在新成老人、村支书、村主任，还有新成老人所在那个村小组的组长家，轮番用餐。吃"转转饭"。这里人有吃早酒的习俗，一大早也会弄几个菜喝上一口。村主任饭桌上讲笑话，你要是不走，住上半个月，我用广播通知到户，天天会有人请你到他家吃饭。保证每天不重复。他们指不定会多高兴。

这一季，因为家家户户的劳动力不够，永怀支书所在的义庄寺村民组，今冬小春作物只种了十来亩。这是一个人口相对集中的大组，从前该组会种七八十亩。全村共七个组，目前有四个组的年轻人悉数进了城，那几个组的种植情况，不得而知。

吃过早酒离开新成老人家的上午，新成的老妻——日日盼着孩子们能早一天回家的孩子娘，怕着凉没能出门，新成老人站在舞台的前端一直挥手。我远远回头，特别怕，一落手，作别的，不仅是可能再也见不到的已是食道癌晚期的老妇、最后的古驿站人家，还有，是于现代化进程中正渐渐淡远的纤尘不染的乡村，那个鸡犬相闻、春田漠漠、可行马迟迟归的旧梦。

古　道

古老的乡村，这路，到底该怎样走……

"二十一二三，月起鸡叫唤"，这是这个古老村庄念了千百年的谚语。

后来知道，我所在那里的几日，正赶上这日子。

农历的二十一、二十二、二十三，每月此时，被称为"中国南北气候分界线"的这大山深处，夜别样浓稠，伸手不见五指。不管白日里世界多么喧哗，那些夜，朗月只在鸡鸣之后才悄然下床，为天空，掌一盏孤灯。

有明月的清晨，那一门电话号码，谜一样安静。

女孩

女 孩

23

　　如果,可以从空中俯瞰,此刻我所看到的,应该是这样一幅画卷,奇峰如斫,万仞叠嶂,一如史前。偶尔一只朱雀飞过,枯枝上的一树鸦雀,乍地四散开去。

　　如果我还有"念力"往光阴的前端看,或许我会看见群峦之中,四川以北,秦巴山脉南麓的剑门峰、摩天岭,还有米仓山的深谷中,重兵成城,烽烟四起,木牛流马,徐行……

　　路难行。战争,"战"的有时只是如何用好一段险径,诱敌,同时,用它御敌。

　　当年重兵压阵走过的这些个古道中,其中一条,数百年后的某一天,一位书生于绝壁四起的崖下仰望,他嗟:蜀道难,难于上青天。

　　而就在书生李白嗟叹处不远的群壑中,山峦深处,一千多年后的今年,那日,一所乡村小学的教室里,蓦地冲出一个女童,女童端起一只作业本大小的炉盘,往操场对面的墙边跑。空掉头一天炉膛里的灰烬,她踅足往回走。

　　女童用火钩往炉膛里捅,动作稔熟。清空炉膛后,她静静张望老师。此时她的老师李雪梅,正站在讲台上给同一个教室里的幼儿班同学点名。

　　全班三十六名同学,幼儿班十八名,小一班也是十八名,这三十六名同学是这个复式班——广元市麻柳乡石牌村小学(这里曾经是一所完小），这所空空校园里唯一的一个班级，在册学生人数的全部。

教室以中间的火炉为楚河汉界，一边是幼儿班，另一边是小一班。那日降温，幼儿班到校人数十一人。雪梅一收手，走下讲台拿过女童手中的火钩，黑板下，一只装有垃圾的废弃纸箱，她从中捡出一些学生用过的饮料盒和纸屑，用火机点，然后一层一层往炉膛里送女童去隔壁储物的空教室端来的一撮箕干玉米茬子，少顷，两个男孩又抱来一些柴火，还有木炭。

雪梅传好炉子（生火当地俗称传炉子），冲女童喊："刘倩，收一下作业本。"然后，她头也不回地向着校外的梁上跑去。

这三十六名学生，八成为留守儿童。这一天，六名由爷爷奶奶照看的幼儿班学生感冒了，一早，六位同学的爷爷或者婆婆电话请过了假，那么，还有一位学生呢？

雪梅出了校门径直往右边的梁上跑。

出门前，她站在教室的中央——那台火炉旁击掌：请大家，自——己——用——功——。

一

从利州（今四川广元）赴长安，昔年，经这里的麻柳镇（今更名为麻柳乡），过石牌村，再出蜀，村小的所在地石牌村，是必经路。系历史上古白羊道之一。

白羊栈道上沿途传说秦汉时便有人家。刘邦、陆游都曾过境于此。石牌，因某朝某代某乡士为其守节的母亲立牌坊（传说非帝赐），而得名。

牌坊如今早成云烟，从前树牌坊的山径旁，石牌村村小的教室里，小刘倩收齐了一年级十八位同学的全部作业本，码放在自己课桌的一角，开始早读。

七岁的小刘倩翻开语文课本，她读这一课，《爷爷和小树》：

> 我的家门口有一棵小树。冬天到了，爷爷给小树穿上暖和的衣裳。小树不冷了。夏天到了，小树给爷爷撑开绿色的小伞。爷爷不热了……

这是小刘倩喜欢的一篇课文。身子单薄，天生声线弱，坐在过道旁的倩儿，为了让自己能够清晰地感知自己的声音，她读得特别卖力。小脸涨得红红的。其实她再卖力，家里的爷爷（这里唤外公也叫爷爷），是听不见她的吟诵声的。因为她爷爷患耳疾，失聪已几十年。

倩儿的爷爷曾是这里的"笼床王"。翻笼床（修补和制作大蒸笼），十里八乡，近至曾家山，远到山下的广元，都曾有人请他去。

倩儿的妈妈的妈妈早逝，那阵子，倩儿的妈妈被倩儿爷爷用布带绑着，背在背上。走荒岭，过野径，山歌不离口。唱给自己听，唱给背上的娃听，也唱给大山听，唱给绵长悠然的岁月听。

"他可以一整天不歇气呢……"山里人至今记起。

倩儿的母亲十三岁那一年，倩儿的爷爷一夜之间不再唱歌了。不知缘何，莫名其妙地他瘫了。那早醒来，只觉得自己身子很沉，沉得他怎么挪都挪不动。

一个大活人，转瞬成废人。

石牌村冷家垭口上的这个豁口，那差不多是散落于大山的这个行政村的最高处,也是距村口最远的地方。那时节,云雾人家的主人,倩儿的爷爷,六月的天,院坝下的田地里,群峦总见证着这一幕:一个男子拖着不听使唤的身子,一手撑地,一手薅草。没过头顶的黄豆秆子的地里,他薅一段地,背篓向前推一点,人再向前挪一点……

相似一幕在十二年前。

同样的云天下同样的田陌,这个男子将一个女娃搁于田埂上,花团锦簇的一张布,女娃坐布上。男子翻地,他翻一段,花布连同布上的娃,向前抱一段。布中的女娃那时总无端地笑。男子于是学着各种鸟叫声给她听。那时这山里有豹子有豺狼,眼耳手脚,笑欢之间,男子不乏机警。

倩儿的妈妈五岁时便会打猪草,放牛,同样也开始下地薅草。

十三岁的倩儿妈妈那日在厨房里做饭,倩儿爷爷隐约听到有哭泣声。半个厨房大小的泥砌的灶台前,瘫痪在床的他循声望去,他看见自己的女儿,身影如烛火,相比同龄孩子,自己的娃又瘦又弱。

他把女娃唤了过来。女娃问他:

"爸,你要是死了,我咋办……"

二

小黑板大小的一张印刷品的"音节表",别在一块大黑板的中间。一旁,老师雪梅留下白色粉笔的宿迹,阿拉伯数字,从1至5。这是供幼儿班同学用的黑板。教室的正对面,是一年级同学的黑板。

两个班的学生,错向而坐。

此时,幼儿班的学生有的摘下针织的粉色风雪帽,有的玩一块橡皮擦，有的窸窸窣窣玩一个装早餐的塑料袋子，有的埋头翻弄一本幼儿《看图说话》……

二十多年前，这所村小的某一间教室里，这所能容纳近二百人、五六个班学生的村小，也曾坐过另外一名女孩——倩儿的妈妈，刘玉莲。

得益于当年的"希望工程"，玉莲上了村小。教室里，老师要求学生用"仿佛"造句，腼腆的玉莲在作业本上工工整整地写：

天边的红云，"仿佛"是一条红纱，在空中飘扬。

老师布置家庭作业，请写下"诗意的句子"，玉莲同样在作业本上工工整整地写：

深秋的夜晚多么可爱呀，露水的光亮像弯弯的月亮，像一盏弓。

玉莲用过的语文、数学、健康教育、劳动课本，还有几本作业本，时光溃疡一般刻在封面。倩儿的爷爷把它们收得好好的，与家里的相册和户口本存放在一起，锁在一个箱子里。只可惜"希望工程"只资助了一年，再无下文。否则这个可以写下"月亮如一盏弓"的小女孩，在倩儿的爷爷看来，不知命运会如何。

家穷，穷到那时没有多余的一碗一箸。玉莲成婚时，男方从山下送来了一张床、一张四方小桌、四张小凳，还送来了十个碗、一蒸笼馒头、几桌酒菜，同时，还有入赘而来的一个也于深山长大的上门女婿。

玉莲聪颖，识文断字强于别人，或者是更珍惜眼前所得一切的缘故。勉强念完小学的她，最终辍学。小小年纪的女孩不嗔怪父亲，与山里的其他女孩一样，她们知道家里已经尽力。

父亲再未续弦，玉莲的记忆里永远有着这样的记忆——

八岁时，自己突发高烧，天地昏暗。深夜，父亲背起她去对面山中找赤脚医生。风疾雨狂，电筒不能用，怕触雷。泥泥泞泞虬曲歧枝的山路，父亲试着下脚，走稳每一步。从冷家垭口到山那边的山腰白羊栈，五里地山路，父亲背着她蹒蹒跚跚再回家时，天已渐亮了……

六岁，父亲背着她去山外"翻笼床"。归途，也是那样的风疾雨大漆黑夜，走入某个山湾里时，那一瞬，父亲手里的电筒忽然灭了，顷刻间，雷电交加，她感到父亲的身子一颤，僵在黑夜中，动弹不得……

很久以后父亲告诉她，那一夜，他以为他父女俩撞见"鬼"了。

玉莲外出打工是在她婚后的第几个年头，一家人都已有些记忆模糊。一双女儿要念书，家里因陋就简拼拼凑凑盖起的改良"新房"（山村不少这样的房，旧房基础上加筑新房），贷款还未完全还上。读书事大，玉莲明白，唯有读书，一双女儿才能不重蹈她的覆辙，才能风风光光走出这重重大山。哪一样都需要钱。她与丈夫不得不一同外出打工。

老父旧疾刚好，继又失聪。玉莲不得不将一双女儿托付给了她年迈的婆婆。婆婆丢下山那边的公公，上山来替她看家守院。

那一年，初春，玉莲背着行囊往山下走，倩儿和姐姐闻讯去追赶，追出好几里地了，在村小前的那片柏树林里终于追上了妈妈，倩儿使劲哭，玉莲也哭。为脱身，玉莲忽然转身拾一节树丫去追打倩儿。倩儿止步，玉莲往山下跑，玉莲的身后那时猛然传来倩儿撕心裂肺的一声长号：

"妈——，你莫要走呀！！"

那年，倩儿四岁。

三

山色向晚，知道山里来人了，山腰上的一位老汉也上山来聊天。

红蓝相间的彩条塑料布，把堂屋围得像个工地。彩条布的后面，遮着一应杂物和一架木梯。木梯通往夹层。夹层上，供囤粮，晒玉米，也是常年在外打拼的倩儿的父母的屋。

堂屋里没有多余物件，一张洗脸木架、一台做饭同时供取暖的铁炉、当年男方家送来的小桌，几把小椅。盆呀，水瓶呀，瓶瓶罐罐，摆放在泥面地上。两侧未穿外衣的老宅留下的泥墙上，几把镰刀分外醒目。

山里人待客，一杯烈酒，最是盛情。

倩儿的婆婆从墙角抱起一只泡药酒的大玻璃瓶，倒一盏酒，递给老人。接酒的刹那，恰有电话来，老人故意扯着嗓门炫耀与对方听："我在山上喝酒呢！"

老汉的弟弟是村里的"五保户"，后来他弟弟收养了一娃，这一收养，膝下算是有了子嗣，老汉弟弟的"五保户"资格因此被取消。资格取消，意味着老汉弟弟每月国家固定补给的生活费用无着，生活将无靠。老汉是来替弟弟反映情况的。弟弟一家倚仗他家生活，眼下老汉的妻子患了重症，他弟弟收养的那娃又正是长身体能吃的年龄，他一筹莫展……

吃饭（指粮食）是没有问题的，老汉掰着手指头，细数着山里人的副业，一头猪的收支：

买一头猪仔得（花销）五百元左右，猪吃两件饲料得近五百元，吃六百斤玉米得近五百元（如自家种，这一笔忽略不计）。一头猪的成本约一千五百元，而一头大肥猪按今年行情计，能卖一千八百元。也就是说一年到头一头猪的利润，约三百元。若猪病了还得倒赔……

如今这山里人家，养猪，喂鸡喂鸭喂鹅，你会听到他们说，都是为了他们在外打工挣钱的孩子们回家过年吃而养。农副产品若去交易，山高路远，有劳力的人大都出去打工了，剩下老弱妇孺残，不太现实。

漂亮的"新房"水泥外墙中央，堂屋的大门上，贴着倩儿获得的村小一年级优秀学生奖状。堂屋左边一间，是倩儿和她在乡小住读的姐姐所住的房。房里，一台还未完全撕掉塑料膜的上下双门冰箱、一架宽大的西式床，床头连及窗下，一口低矮残柜，一只褪色几尽的人造革红皮箱。四下里，各种纸箱、鞋盒、塑料瓶子，散落。

倩儿的爸妈都在唐山打工，文化不高，建筑工地，据说两人干的都是最没有技术含量的力气活。每年年初走，岁末还。全家一年的生活用度，全指望他们。

那一夜，我和衣躺在倩儿的身边。倩儿一动不动，我翻身向她。

彻骨寒冷，崇山峻岭中的山里人家，即便你捂紧棉被，霜风仍旧透过薄门单窗嗖嗖而来。这间门脸前墙穿着霓裳新衣的屋子里，今年七岁的倩儿过过一次生日。

"生日是几月呢？"放学回家山路上，我曾问。她摇头。

我看着她，最冷时？还是最热时？半晌，她开心笑了，"哦，秋天。"

生日那天，妈妈给她做了肉。妈妈爷爷还有她，那个中午他们三个人一起吃的。没有蛋糕,没有唱生日歌,没有生日礼物,但那是这户山里人家第一个人过生日。那年她四岁。

你觉得什么东西最好吃?我问。

洋芋(土豆)。

怎么吃呢?

火里烧起吃。

你知道,城里什么东西最好吃?我问。

薯片。

平时你会害怕吗?最害怕什么?

蛇。

见过?

上学路上见过两次。它往水井跑了,一下子莫见了。她长时沉默,露出大大的两粒门牙,看前方的山路,也用"耳"细细"看"我。

长大后,想做什么?

读好书,挣很多钱,不要我妈妈再走了……

……

不知道自己的生日是哪一天,倩儿同样不知自己妈妈生日是哪年哪月哪日,她只是听婆婆讲过,妈妈今年三十二岁,年轻时,妈妈吃了许多苦。

雪梅去梁上找那位同学的早自习课上,我注意到,因为是总复习,在整册书里,倩儿同时还挑选了课本里的这一篇诵读:

借生日

早晨,小云醒来一看,枕头边放着一只可爱的布熊。妈妈走过来祝小云生日快乐。小云问妈妈："您怎么从来不过生日？"妈妈笑着说："忘记了。"

吃过早饭，妈妈要上班，拿起包一看，里面装着一只布熊。她正要往外拿，小云跑过来按妈妈的手，说："妈妈，这个布熊是我送您的生日礼物。您总是忘了自己的生日，今天我把生日借给您！"

四

每天清晨不到五点，倩儿的婆婆起床给她做早饭，叫她起床，给她梳头。七点，婆婆与她一同准时出门，送倩儿上学。

倩儿的婆婆有时替倩儿背书包，有时自己也背一个双肩包。双肩包里有倩儿和她中午的干粮，还有婆孙俩需要临时添加的衣物。

逢着雨天，倩儿的婆婆连人带倩儿和倩儿书包一起背在背上。今年早春，这山里雨水多，每天接送倩儿一去两小时，往返近四个小时，水一脚泥一脚，高一脚低一脚，山路起起伏伏，一春下来，她的膝盖坏掉了。

春天，倩儿家还遇上了一件沮丧事。倩儿的婆婆在舍外养了一群鸡，指望着鸡蛋给两个小孙女补身体。那日送完倩儿回到家，鸡无影，一地鸡毛轻扬。老人顺着鸡毛去寻，寻到荆棘丛中，老眼昏花的她往林子里钻，结果，老鹰叼走了她家的鸡，鸡给老鹰吃掉了，最后自己的眼睛还让树枝给划伤……

因为腿和眼的缘故，今年秋季倩儿开学时，倩儿与她婆婆一同借宿到了村小附近李家坪上的一户亲戚家。倩儿上学近了，可又苦了垭口上倩儿耳聋的爷爷。

从前，两个老人加上倩儿，三人每晚可一起吃一顿热饭，如今这一分开，倩儿的爷爷只好每半个月下山买五十元钱的馍，一日三餐就着开水吃白馍。偶尔想改善一下伙食时，她爷爷才会给自己做上一碗热汤面。

……

一头亮亮的马尾发束在脑后，红红绿绿的几枚发夹把倩儿散乱的几绺柔发，吃得紧紧的。那天清晨，天奇冷，一夜间山路上结了一汪汪晶莹的凌冰。有凌冰的地方，倩儿小心翼翼借道草地走。倩儿的婆婆用一条厚厚的四方围巾叠成对角，把头包得只露双眼。

七点出家门，九点前必须到校。学生住家分散，九点是这所村小冬季的上课时间。

2014年12月，川北的秦巴山脉，走在这大山里，只因身在此山中，你感觉不到大山的奇雄与鬼魅凌人。天穹下，处处依地势而开的大小不等的农田，田陌里，有收割后留下的稻茬子，玉米枯秆子，还有垂头的残荷败叶。有老翁远远地用小型电动机器在田间埋头犁地。

丛林中，偶有聋哑的妇女骤然冲出，她背负远远高于她身体的柴火，将柴火倚在一株杉木下歇气，错愕又惊喜地看着你，与你哇哇"交流"。

山路上，偶见三两妇女，背起小山似的谷草，"草山"于茫茫岚雾中缓缓移动。一只黄狗左一下右一下，跟着，伴着她们蹒行。

路旁人家，但凡见着了倩儿婆孙的身影，他们远远地叫出自己家里的小孩，一并同行。

道边，遍地貌似硕大蒲公英样的棉花草，倩儿采下一把。雪白的

妇女三三两两在山路上缓行

野棉花草，看似没有生命的云烟雾岚，其实它是一种訇然绽放于严冬的奇特"繁花"。

眼底清澈如水的倩儿抽出其中一株，对着天空猛地一吹，幻象漫天。

校旁人家的妇女，孩子上学去了，她们于炉旁做针线，"麻柳刺绣"是旧时这里的一绝，如今居家的妇女，也有人试着以老法子替她们的老辈子纳老鞋。天寒地冻，宁静的村庄，更多如倩儿的婆婆一样的老人，她们送完孙子孙女上学后，无处可去，便在教室里的炉膛旁坐下来，一边烤火，一边陪读。

五

b——p——m——f——

雪梅安排小一的同学各自检查自己昨日的考试试卷，然后她用教鞭指着黑板上的拼音，开始给幼儿班同学上课。

她让同学们看她的口型，跟着念：

"不是波——波——波——波，请再看老师口型，波——坡——摸——佛——"

她喊一位同学起来，这个三岁的孩子有点怵，很认真地念，波——波——波——波。

"波——坡——摸——佛——"，山村里长大的这位高中生，花样年华的乡村老师，走下讲台，一个一个地纠正她的十一个学生的发音。

在这个村里，除了刘姓，李姓便是大姓。老师李雪梅与这些孩子们的关系，千丝万缕。她的学生有的是她的晚辈，有的是她的同辈。

而这些学生，差不多都由留守于家、并不年轻的雪梅的父老乡亲长辈们照看着。

这堂课上，雪梅发现一个幼儿班同学小嘴始终不动，心思不在。她走过去，原来小孩子在悄悄吃东西，嘴里包着粑粑。

……

"你真的要走哒？"倩儿瞪着一双大眼望着我，泪水大滴大滴涌出。

一时间的"同桌"，我伸手将倩儿揽入我的怀里。我说，倩儿，记住了，想我时，就给我打电话。我在她的作业本背面写下我的电话号码。

两天来，差不多的时间里，我与山里的老人们一样，坐在火炉边取暖，下课时，帮孩子们擦擦鼻涕，整整衣冠，偶尔帮他们翻动一下炉台那些被烤得黄焦焦的馒头和白馍。那是山里孩子们的便当，午餐。条件好一点的同学，会带一包方便面，用炉上的开水泡面。

征得雪梅的同意，那日课间，我请孩子们各自为我画一幅画。画他们心目中理想的家园。

三十多幅图画很快收齐。有一个男孩画了两幢房子，尖顶的初笋一样的小楼，一间阁楼上放有三张床，他、婆婆还有爷爷，三人一人一张床。另一幢小楼里，一台与教室里的火炉一样的长着长长烟囱的火炉。火炉旁住着一头牛。

"爸爸妈妈住哪里呢？"我诧异。男孩一挠头，呀，忘记他们了。

而潜在我心底的一组数据，我却无法忘记：

——截至2012年，我国流动人口数量接近2.36亿。留守儿童妇女和老人，截至2010年，接近1亿。

——2010年，美国《时代》杂志把"年度人物"的殊荣授予了"中国工人"。因为遍布全球的"中国制造"，正是这些来自中国乡村的中国工人们，胼手胝足所做出的杰出贡献。

地产行业不景气，据说今年村里漂泊在外的人们日子并不乐观。包工头拖欠工资，一拖再拖，名目缘由繁多。年关将至，据说倩儿的父母已经商量好，让倩儿的妈妈提前回家，留倩儿的爸爸在唐山与其他工友一起等工资。

……

从倩儿的座位上起身，一旁眉目清秀的小女孩刘利过来抱我。她一双小手环住我的双腿，试图把我托起来。

头一天，小刘利穿着旧渍斑斑的棉衣，见着人，她怯怯地躲。今天她换上了爱心人士给这所村小每个孩子送来的冬衣，红红的束腰羽绒服，她仿佛一下子换了一个人。有意无意间，她总仰着一张小脸在你身旁。第二堂课课间休息时，她牵开我的一双手，然后，坐在我的腿上，再也不下来。

雪梅说，小刘利的父亲和哥哥常年在外打工，她由她智障的母亲照顾。

小刘利和我在教室里一直在玩着一种特简单的游戏，你抱我一下，我抱你一下。循环往复。其他的孩子一旁看着，嘎嘎大笑。

……

这所曾经有着六个年级、上百学生的村小，除了一间教室和一间学生厨房外，所有教室都空着。门窗紧锁。临别，我往空空校园的校门方向走，山里气候变化大，冷了两天浓雾也笼罩了两天，豆大的雪雨忽然下起来。身后，一个孩子从教室门口斜着身子探出一个头来，紧接着三个头四个头。突然，一群孩子从教室冲了出来，于瑟瑟寒风里，他们喊：

老师，要再来！

老师，要再来……

之前合影时，倩儿一直在无声落泪。这群孩子里，唯独没有小倩儿。

未敢打扰这座沉寂、失去活力，同时又美丽无比的小山村原有的秩序。一座村庄，以及留守于时代烙印里的这一代小孩，他们有权利选择，以他们自己的方式完好地留存下一段真实。

倩儿是在第二天，我回家之后才出现的。

我坐在家里的餐桌边，手机铃声响起来。电话那端，默无声息，然后是倩儿婆婆的声音，后来，我听见了小倩儿的嘤嘤涕泣。

再后来，我听见倩儿问："老师，您……吃饭了莫……"

纤尘不染的童声传来的那个刹那，不知山里，那时，是否大雪已封山？倩儿爷爷门前的那棵小树，那棵她爷爷给它穿上草垛棉衣的小树，可是雪色旖旎？小树旁的牛棚里她爷爷的两头病牛，可能吃草了？——那晚回家，她爷爷下山给病牛请兽医去了。山里的孩子需要的不全是食物、服装与玩具，小刘利，可有人抱抱她……

刘德态，石牌村年轻的村支书此时正为种核桃的事发愁。面积十一平方公里左右的石牌村，约一千五百人的一个村庄，近一半外出务工去了，留守于家里的老人和妇女，他拟动员他们广种核桃树。这种作物劳动力成本低，但是，生长周期长，不知他在说服自己的同时可说服村民了？

老师雪梅那日回来，最终没有把那位幼儿班的学生带回来。陡然降温，这名同学也感冒发烧了。

空村

空　村

一只刚出生六天的小羊头晚死了，吃奶时呛了肺，后来感染了肺炎而殁。

华强和媳妇一早开始工作。坡上丢掉小羊，然后在羊圈里给三十四头大羊打针。入冬以来，山下的羊流行一种病，羊豆病。华强头天下山买回了预防针剂，昏暗的羊圈里，妻子把羊揽在怀里，华强在每一只羊的脖子处下针。

羊圈骑在空山里一条小径的斜坡上。木板间稀出的一道道地缝，漏下一坡黑莹莹的腥臊羊粪。

羊圈里，人畜嚷成一片。

羊圈一旁是牛舍、鸡舍和鸭舍。再过去，是厨房。华强的娘开始在厨房忙碌。灶台很大，两口锅，庞然大物一般的灶台，锅与锅之间烟囱的热气过处，又冒出一小锅，那是烧一家人洗漱用水的地方。

山泉从厨房后一茎剖开的竹子口涓涓注入一只水缸，华强娘将灶膛里的火炭取出一半，传入一只用于取暖的火盆，另一半闭入一瓮，储备木炭。大锅里，人一口，畜一口，凛冽的天，两口锅里的食物，冒着各自的热气。

转眼，华强媳妇把畜食那口锅里的食物往一只大桶里舀，屋外的石槽，她人未到，鸡、鸭、鹅，已不分彼此地候了一坝。半菜半汤的畜食里加了盐，萝卜粒、白菜粒、红苕粒、南瓜粒，混出一种山野的

最后的山里人家

香。盐能滋养牲口的皮毛，清晨，羊和牛的槽里，她也给倒上一桶。

远远的清霜中，华强的父亲，不疾不徐地挥锄翻着地。

这是一座只有一户人家的空村。

华蓥山脉中段、四川渠县龙潭乡老龙村十组，四十四岁的村民傅华强家的一天，很寻常的，开始了。

一

天地一隅，这空谷，当地人称野鸭子沟。

忙完家禽牲口们的那点活儿，上午九点，差不多是农家人早餐的时间。

"吃饭了……吃饭了……"泥墙老屋前的坝子上，华强娘陈加碧的一双手在围裙上摩挲。

沟里再无别家，唤人回家，无须再道个姓甚名谁。

脸盆支在厨房外的柱头前，一瓢缸里的凉水，勾一瓢灶台上小锅里的滚水。山泉刺骨。三个人在同一个盆里净手，香皂去污，毛巾擦干。三人用过的毛巾在屋檐下柱头与柱头间的绳上，秋千似晃荡。

这样的喊声，若在从前，或许会惊着田里的生物，野鸭。

那些野鸭子从哪时来没人知道，只是每年栽秧过后，秧田里，野鸭子就成群结队地飞来了。

野鸭貌似家鸭，褐土一样的麻色。唯不同的是野鸭会飞。那时候村里的大人孩子爱捧一碗稀饭靠着门远看，看野鸭皮影似的在秧苗里时隐时现，看一种说不明的东西时真时幻。看着看着，有时哪家的老人呛了一口烟叶咳嗽几声，家鸭不动，野鸭子们便扑棱棱地飞走了。

散得无影无踪。

散得无影无踪的，还有如今一沟的邻居。

菜地对面陈正泉的老屋，已荒得七零八落。床、当年新妇陪嫁过来那描着团花的衣柜还在，只是他年的新房，那泥墙已塌。塌墙的洞外，青草耀着晶亮亮的绿。几根椽子断处泻进的天光，追光似照着旧人临别前的纠结。四张长凳，一丝不苟翻在饭桌上。饭桌，仿佛移了又移，最后慎重地移至屋角，那看上去最为妥帖的一隅。

老太太陈加碧家的隔壁，是华强二叔的家，那一整排的泥窑似的土屋，仿佛陈加碧家储藏农具的"别院"。

老太太家住沟头，沟腹里，每一处曾经的老屋都锁着门，闭着户。所不同的是，有的家出走时，一双绣花的鞋垫忘在了门外的窗棂上；有的人家，一面塑料的水蓝小镜落在了一扇老木门的门环上；有的衣柜的门还半开着，如人，半张着嘴。

有的人家，将一只大大的黄桶架在高高的门梁的夹层上，是打算再回来，担心它受了潮。还有的人家，风车、拌桶、铁耙、犁头，一时没有想好放哪儿，干脆，顺在屋檐下，顺在猪圈里、牛棚旁吧。年轻人、儿女们催得太急。

再有走得急的老人家，老料（做棺材的木材）不舍得弃，儿女拗不过他们，他们将老料，一张张用木楔子隔着，竖在避雨的檐下。还有的老人，是不是一时不知道该怎么办了，乱了方寸，儿女非要带他们去渠县，去大竹，去成都、广州、福州、北京、上海，多年前就已经打好的上好的棺材，只能放弃，弃在墙边。听天由命。

最后离开这里的老人廖中安家，一大串大蒜还挂在他家猪圈外的梁上。圆鼓鼓的蒜子，手一捏，空着心。老人不愿下山，可两年前，他背着一山柴火回家，家就在一人宽一人长的小桥边上——老人的那个家，曾经是队里的"食堂"，特殊岁月里，全生产队的人每天会去那里吃饭、开会，一起唱歌、学语录、记工分，用同一杆秤称粮食——走了一辈子那路了，不知为何，那天他一头就栽进了桥下几米深的沟里。

水沟深，他面伏在下面，一山柴压着他。他的喊声被柴火、被水沟、被他自己封闭着。远远锄地的华强爹听见喊声赶来救起他时，老人浑身都冻凉了。

老人的女儿在山下的临巴街上早置了业，那日女儿女婿来接他，女婿是这个村庄的"队长"（村民小组长），女婿的家，空在几步之外。那是这个自然村庄最后修建的一座最好的砖房。

家当入袋，女婿担着写有"化肥"字样的两只编织袋在前面行，女儿抱着自己的孙女。八十八岁的老人空着手，佝着背，头也不抬地跟着。

是不是与所有下山的老人一样，怕自己会生出太多的不舍？祖祖辈辈留下的这山峦里、山冈上，快落幕时分，却又要血脉分离。

村文书邓文川，赤脚医生张彪，村民王加国、邓友权、邓如云、李可友、杨贤荣、王德万，每一户户主，每一户人家，家里老老少少，大大小小，老太太陈加碧都叫得出他们的大名小名，可这个曾经有着二十户、共一百一十多口人、上百亩丰腴土地的小山村，还是空了。

而加碧这样的人，当年却是冲着这一沟田，才嫁上山来的。

——那年，媒人上门说亲，临巴街上长大的她死活不肯。1963年，才从"三年困难时期"走过来的她的娘流泪了："三四月间，他家还有半柜子苕片，饿不到你的！"

十八岁的女子，一身朴素衣衫就上山了。这一来，少女已白发。

那时山上有好多人，加碧记得，那一年，身怀六甲的她学酿醪糟，五斤糯米的一坛醪糟被她做砸了，那天，她那素来好脾气的婆婆擎一根响篙跟她追，她跑掉了鞋子；她一路跑一路喊，左右的乡邻都来相劝。她一路跑到对面陈正泉家的床下躲藏起来的情形，幻若眼前。

二

是不是水富碱性，这山里的粥，别样浓稠别样清香。

捧着刚出锅的粥，饭桌上一碗泡菜。自家地里种的那种红皮白心的水嫩萝卜。四人各坐一方。桌下，火盆里的火苗，融银似游窜。

山里没有时间概念，起床，吃饭，睡觉，身体便是钟。而这个家最算数的"时钟"，是两位老人。

日出而作，日落而息。上午九点，下午两点，晚上七点，一日三餐，雷打不动。

早饭后，收拾好碗碟之后华强娘也下了地，她负责打理羊圈坡下那块地。山地不大，此前种过玉米，闲余时光一点一点翻出来，开年好种蔬菜。华强爹继续锄他早间锄的那块地，沟里无人，满目都是地，但老人有自己的想法，只耕自己家的地。万一哪天人家回来了，免得伤了和气。

华强每天这时要做的事，是放牛。

两头大牛，两头小牛犊，他拉着四头牛的绳子在前面走，往这村庄上山必经的那段林荫道上走。那里有一片柏树林，树下草叶葱茏。重要的是，那里的树桩，能套牛。牛，丢不了。

空　村

　　牛铃声空空响起的这小路，从前是能走摩托车的乡间大路，也是村庄里的人们走出大山的必经之路。
　　十八岁的华强当年，也是从这里下山的。
　　那年，腼腆的华强站在母亲面前，母亲塞给他一百元钱，"走正道。"她跟他说。
　　队里的长辈承包下湖北一处度假村的活儿，挖钓鱼的鱼塘。乡里乡亲的，老老少少一行六人出发了。一行人中，数华强年少。
　　他们之前，早在他们出发的好几年前，沟里的高中生、二十二岁的唐小云就下山去广州了。后来知道，唐小云之前，老龙村另一个组的村民王旭，已下山去了渠县。
　　王旭家有着整个老龙村少见的茅屋，传说，王旭下山之后一只随身的簸箕于县城繁华的街角一支，便开始买卖。簸箕里摊开时装，是去重庆解放碑进的货。这两个传奇人物，至此无归。
　　湖北那年奇冷。
　　大年刚过，这一夜，少年睁着眼。
　　彩条布搭起的塑料工棚下，六个人挤了一地。身下一层稻草。人字形狭窄的工棚里少年看见，白天那鼓着风的塑料布一动不动，用手一碰，他听见了棚外有冰层碎裂垮下来的簌簌声。
　　太冷，少年不敢合眼。
　　多少钱一天的工，没人告诉少年，这是少年第一次出门，"包工头"也是第一次开张。他们的任务就是把冬水田里的水抽干，淤泥担上坎，筑成堤。他们在缔造，一座城里人周末娱乐垂钓的休闲世界。
　　度假村方不管吃住，工程结束后，论"质量"结账。
　　华强是第十天开始哭的。
　　抽水机的水泵坏了，他与工友穿着雨鞋在冰封的秧田挖泥。

十八岁的少年第一次知道，冷可以让一个人失去尊严和意志，锐痛，他大哭。

那样的泥水里，后来的狂风暴雨里，他一站数月。

作别工地回家时，少年家里的稻谷已黄了，玉米挂了一房梁，坡下地里种下的萝卜冒着片片新色。那日他将人生的第一笔收入，一共二百多元一分不少地递给母亲，母亲加碧不看那钱，儿子瘦得皮包骨，她一双手，不住地在儿子长满虱子的头上疾风似乱拨。

再一次华强要走，是在三年之后。

发誓再不让儿子外出打工的母亲，再次送儿踏上了这路。

表姐在北京，附近一家碎石厂需要工人，每天八元钱，不管吃住。二十二岁的华强算了算账，每天可省下五元钱，一年下来，他可"风光"归来。

从沟里到渠县从渠县到北京再到工厂，他换乘各种交通工具奔波了三天三夜。

工厂里只五六个人，工作很单纯，卵石固定在草圈里，手工碎石。

碎石厂距一家邮局，约一小时脚程，邮票八分钱一枚，几个月时间，他总共去过三次。每一封信只是报声平安。他不打听此前那相亲的谭家湾女子，是否托媒人再捎过话来；他也不再问，女方退婚的真正原因。

那年底，他带着八百元现金回家了。

同年十一月，他与山那边大竹县山里的十六岁女子烈瑞相亲，同月，二人成婚。隔年，十七岁的花季少女烈瑞，成了一个孩子的母亲。

烈瑞的母亲，其实是她的婶娘。烈瑞一岁时，她的亲娘便被人拐卖，后来，烈瑞的父亲，娶了大烈瑞父亲近十岁的婶娘。

坡田坡地的，养活不了一大家子人，烈瑞爱说，是她娘家人为省下一口，让她早早出了嫁。

烈瑞与当年华强娘一样，起初也是不依的。自己毕竟还小。烈瑞的婶娘对她说：那一沟田呀，那边能让你吃口饱饭。

烈瑞是四岁才学会走路的，地上梭来梭去的她，看惯了各种眼色。六岁的她那年看见，一桶米放在柜上，小她一岁的婶娘的小孙女饿得不行了，问她，那是什么？父亲和婶娘替人栽秧去了，她想了很久，回"妹妹"：不知道。

那不算烈瑞最心酸的事。那年，收"农业税"的干部来到她家，交不出现钱，当年有个地方政策，可以粮食冲抵。八岁的她看见，那个"干部"模样的人去搬她家柜上的粮食，她一急，疯了一般跑过去，抱住那人的腿就咬……

1971年出生的华强最后一次出远门，是去西安。在一家石油勘探队搬井架。那一次，是为了一双儿女当年的学费。

土地下户后，吃不完的精米细粮，撷不尽的四季时蔬，如今乡村许多税费也减免了，但有些事，不是每个家里那一粮仓几千斤粮食和一地时蔬可以完全解决的。

比如，他两个孩子那时上学的学费，家里突如其来的变故。

三

中午的菜可口，土豆炒肉丝，胡萝卜炒肉片。菜，是地里的；肉，是逢场时华强去山下买回冻冰箱里的。从前有点积蓄，自己做点副业，乡村用电"村村通"，家里电视冰箱都是有的。

菜好时，华强父子俩会喝几口散装的老白干酒。

华强去找来酒，父子一人端起一只酒杯，二人也不劝，安安静静地啜。

华强不劝父亲，还有一个原因，父亲三年前才从一场"大睡"中醒来。

十三年前，华强父亲突然病了，好好的人，犯困，倒在床上醒不来。这一睡，整十年。

远近的医院都去看了，不能治。医院说不排除脑血栓，不排除气血虚，老爹就那样睡着，吃饭洗脸洗脚，都不离床。夏日里，泥坯的屋里弥漫一股浓烈怪味。

"无病"就那样睡着，老人也睡出负疚感来了。某日华强看见，他的爹爹起身站在门口，他一进去，爹爹小孩子犯错似的往门后躲。

这个村庄是一个自古讲究仁慈孝悌的村落，哪家长辈有个病痛，捆架滑竿，半夜里乡里人都会自发前去抬人。外乡人、手艺人路过这里，饿了渴了，一定有人管吃管喝。父亲这一病，儿子哪有理由再下山。

家里一下子少了一个田地里的劳动力，一应用度花销比从前忽然又多了起来，华强懂事的女儿早早去了重庆打工，为了儿子上县城念书的学费，华强的媳妇烈瑞，下山去镇上给人做了保姆。

华强父亲的病，后来，是烈瑞在山下无意间看到电视广告，她从山下带回的几盒口服液，给治好的。

两年前老人能下地时，一身的肌肤都在抖，十年没有下地了，一个人已完全没了自信。

醒来的老人，仿佛在与时间赛跑，要把十年的光阴，找回来。

每个清晨华强的母亲一起床，他就下地，干到早饭时间才回来。

早饭午饭后继续下地。全家地里的活,无论田里还是地里,除了农忙时期,基本全由老人包干。老人乐意。

如今老人完全康复,一如他身上十年来什么都不曾发生过。

只是有时他会发笑,他自己睡觉前,山下没有农家乐,没有如今打造的"风景区",没有风景区内那座新的寺庙龙华寺,从前没有听说过"农村低保"和"新型农村合作医疗"等新鲜事。那时他的孙女才六岁,孙子四岁。如今,小孙女打工返乡已做了别人的新娘,小孙子已成了县城发廊里的学徒,而整个村庄,恍如隔世。

最让他意外的是,从前田垄之间,那些自己走了几十年的小路田埂,早被漫天的荆棘树枝所湮,有时,自己成了这个村庄里的陌生人。

刚醒来的那个夏天,他总是早上四点醒来就下地去。有一天,华强清楚记得,一大早他的父亲就来叩门,"遭小偷了!"他嘘着声道。

一座空村,谁来行窃?

一家人不信,抄起家伙跟他走,往沟里亮着一星灯火的那沟深处走。那是赤脚医生张彪的家,他们伏在暗处,屋里点着灯,里面不见任何反应。后来老人明白过来,赤脚医生离开时许是白天,大白天不会留意头上的电灯。

又抑或,那日已不年轻的医生那时走得犹豫,屋里寻东西,电灯开了关,关了开,一步一踅,几辈人留下的记忆,又怎一下子全部携带得了?而据说从这个村庄下山的人,这个村庄的子嗣,他们"混"出个模样的并不多,除了有一户的后人在广州开了一间小型缝纫厂,另一家在福州做石材切割加工的包工,更多的因为文化程度低,干的差不多都不是技术活。他们去山下去城里,去做门卫、餐厅小工、建筑工地的泥匠，或者在他乡做着与在自己故乡时差不多一样的农家活，帮雇主卖菜、看菜摊、守鱼塘。队长（村民组长）王德万，据说在山下的景区做了划游船的船工。

四

村子空了，草木任性起来，马耳杆草封了田，贴着地疯长的一种"爬地草"蚕食了每一条路，仿佛是中了什么魔咒。几年前，通往山下唯一一条路的那山脚入口，也被一夜泥石流完全吞没。

村庄像一沟天然牧场，山里人华强家顺应天时地利，一年多前已不再养猪。他家开始喂羊。猪圈改作了其他家禽和牲口的栏。养猪杀年猪需要好几个壮劳力，这空谷，人力最金贵。

每天午饭后牧羊是华强的事，午后山上的露水才干，羊不宜吃带露水的草。

整个下午的时光，忙完家务活，有时，个子小小的烈瑞织毛线，紫色的毛线，织成小船样，然后，纳它在一对买来的塑胶鞋底上。山下的小镇上如今流行这种自织的毛拖鞋。有时，她给山下的女儿和县城发廊里做学徒的儿子做咸菜。地里种的大头青菜，让山风收过水气，支几张篾笆在屋前的坝子里，开始切。切成细细的丝，渍盐封坛。

华强牧羊的闲余就上山砍柴。四下里转转。

山里很多时无人说话，烈瑞也学着公爹公婆的口气跟家禽和牲口训话，喂羊时跟羊说，喂鸡时跟鸡说，最多时她爱骂骂咧咧跟狗嚷："走不走？打你！打死！"

那日狗儿跑去嗅她抱出来晒太阳的几只小羊羔，她跺着脚呵斥老黄狗。老黄狗悻悻地走开了。华强回家正看着，他唤狗儿陪他上山找羊。羊儿们翻到山梁那边去了，听得见羊铃铛声，见不了羊影。

家里共三十四头大羊，头一天刚卖了四只。收入三千一百九十元。烈瑞容华强去山下的小店买一包烟抽，其余的钱由烈瑞攒起来。攒下来的钱，华强一家的心愿是给儿子在山下买房。没房，担心儿子讨不上媳妇。

从前这山里有麂子、豪猪、刺猬、狸、獾等，头日，华强发现他家门前远处的青菜地里，一只野鸡在觅食，他让烈瑞辨认。两人看见，那团鸽子般大的一个影子，仿佛也在观察，机警地瞅瞅，尾巴拽在地上。然后，茕茕地人一样，轻盈踱步。

山里的日子每一件小事，都不小。

只余一崖乱石可攀缘上来的华强的家，那日，不知怎么一群驴友出现在了他家门前。驴友自重庆来，站在华强家的院坝，大呼小叫。华强家斑驳土墙露出的发黄篾条，每一间昏暗小屋撑起的老式蚊帐，门前一张破烂的矮凳，一节引水的竹子，一应田地里的农具，鸡舍羊圈，就连他家采来备用的常见药材，都让那些城里人惊喜交集。

他们去问华强，鸡能卖吗？地里的菜可售吗？大米拜托能不能邮寄？最好的空气、最好的食物、最好的水，没有考勤，没有上下班，没有竞争，没有领导管你，你们一天怎么过的？

其实，在山里过还是在山外过，也让华强一家纠结，下山花销大，两位老人更是难舍故土。

那个午后，华强站在一处山弯里往远处眺，咩——咩——咩，他唤着他的羊。

那个午后，华强的父亲仍旧在他一早耕耘的地里忙碌，正逢霜期，他要赶在霜期内翻完地，霜一打，那土地能发面似疏松，害虫也不杀自灭。

老人还未动锄的脚下，羊牙叶的刺红花仰面怒放。一旁他家的冬水田里，镜子般凝着一畦畦冰晶。

我是与那群驴友相距半年后，来到华强家的。

缀满赤珠一样果实的籽儿树，寒气中，乱红飞溅。

华强那总是满含友善和笑意的老爹对我说："他们说呐，还要再来的！"

嗯呐！嗯呐！华强一旁点头。

……

"土地平旷，屋舍俨然，有良田、美池、桑竹之属，阡陌交通，鸡犬相闻……"，那是陶渊明曾经"去过"的桃花源。误入仙境的那"渔人"，一路标记，不知为何，最终还是忘记了自己进山时的那条路。

华强家的不远处，这座村庄山梁那边鸡公岭上的老十一组，那个曾经茶花满山的自然村庄，如今已空无一人。带路的人开玩笑：那已是一个"鬼村"。

鸡公岭、野鸭子沟山下的不远处新建的"风景区"内，坚硬的崖壁，有一山大大小小的洞穴，景区因这一山洞穴而斥资打造。那是上千年前，《尚书》里曾经记载过的一彪人——从荆楚大地踏歌而来的"蛮"，居住过的地方。

这一彪人，他们手持竹枝，吟竹枝词，踏木牙，跳自己部族的舞蹈。当年助武王伐纣时，他们"歌舞以凌"。那时，千人唱，万人和，整个山林为之震动。

何年何月，这一彪人，神秘消失，他们的后人去了哪里，也无从知晓。他们当年一路迁徙至此,会不会,也因了这一片丰饶而富足的土地?

景区,因追溯他们而建。

那些人,史书上称"賨人"。

辛夷花下

"爸爸拉我。"

坡下，三岁的女童，仰面将一只嫩芽般的小手伸向父亲。

山上，她的父亲刘道满正埋头砍柴。伐下一节碗口粗的薪柴，他停在空中，

"爱玲儿——"

他无限爱怜地笑，一只粗粝的大手伸给小女。

小小女童或许永远不会知道，此刻她所喊出的，是一个时代，乡村的隐痛。

一

这坡，名当面坡。地图上你能查到地名：四川广元、秦巴山脉中的曾家山、农华村。

当面坡，是当地人给这无名山峦起的小名。

山上树木繁多，不成气候的柏树与那些不知名的杂木歧枝，爱玲的父亲砍下来，断成半人高。她的母亲，一根一根往女儿父亲的背篓里顺。三口之家，这样相聚的时光，对于三岁多的爱玲来说，差不多是她年龄的约十分之一。

山下约二十分钟的脚程处，是扎着羊角鬏的小爱玲的家。

不依山不近水，熟田熟地的阡陌之中，谁人遗失的一堆黄泥——

爱玲的家中，她重病的老奶奶正躺在一段土坯墙下的一张床上。墙头与屋檐之间三角地带，没有任何遮掩。

老人无力地睁着眼，空洞地望着半空，又似在用耳听。

土屋不远处，一株缀满洁白花瓣的一树辛夷花，热热闹闹绽放。

这是一个怎样的家呢？

小爱玲的奶奶，原本住在辛夷花的远方，那高高的当面坡上。三开间的土屋，她奶奶的夫家，有两兄弟，各家一间半。平分出的那半间堂屋，是两家人共同的灶房。

爱玲的奶奶十三岁便没了娘，二十一岁又没了爹。她一生嫁过三次人，每一次留下对方的血脉，而最终，仿佛命里注定又总是孑然一人。

老人老来的年历，几乎在以同样的方式翻阅。目送爱子刘道满出门打工，然后，盘算儿子满载归来。

锄地，种菜，山上采药卖钱。活着的意义，就是活着，一如土地上的庄稼，与满山遍野的树木。

爱玲的父亲刘道满，是小爱玲的奶奶与第二任丈夫诞下的。在爱玲奶奶的前夫家，刘道满排行老三，在爱玲父亲的生父的这个家，刘道满排行老大。家里孩子太多，家庭成员也复杂起来。爱玲的父亲十一岁那年，一场肺炎之后，奶奶对爱玲的父亲讲，让你弟弟妹妹念书吧。

命运，只因一场偶然风寒感冒而更改。

小学二年级，当年聪颖的少年，无缘学业。也就在那一年，同样辍学的一位同龄孩子约刘道满去陕西打工。他们是秋收之后出发的，身高仅一米一，穿着一件单薄的秋衫的他这就上路了。这一去，整三十五年。

　　陕西蓝田县，高高的山冈上，七八十个工人建高压线铁塔。搬沙石，运水泥、钢材，少年的第一份工作是往山上送电线。

　　一盘一盘电线往山上送，每一盘线圈直径近一米。当年的少年将一盘电线挎在自己的肩头。电线一头于肩，另一头就落在他的脚踝。少年每迈一步，线圈在他的脚跟抽一下。如光阴快马加鞭。

　　1979 年，那一年，两个月下来，少年挣了二十多元钱。靠着这第一笔钱，一个十一岁的孩子，开始供养他的弟弟妹妹们念书。

　　仿佛老天爷有意在试探这个少年，让这个家庭波折不断。

　　少年的父亲病故，继父又离世。后来，少年在外打工的哥哥溺亡，妹妹车祸致残。没完没了的透支，没完没了的黑洞，道满从少年到中年，始终没法填上。

　　这个大家庭被迫分家。分家之后，母亲随他。母亲独自守着当面坡上的家，爱儿道满外出务工，以补给这个家此前的亏空。

　　为了能挣到更多的钱，十五岁那一年，少年随一个亲戚第一次去陕西华山。他成了一名少年背夫。

　　背夫的第一步，是从华阴市华山镇的一个菜市场迈出的。

　　清晨五点起床，一个馒头扔在身后的背篓，灌一瓶浸手的自来水攥在手里，与所有背夫挑夫一道，候在镇头的菜市场。

　　那日少年接到的活儿，是给山上送一桶乳胶漆。

　　从镇子上送到华山的北峰。一百二十斤重的一桶乳胶漆，漆水不满，少年在山上走了一天，漆水便在他背篓里咣当咣当地荡了一天。晨光熹微，少年启程，下山时，已是黄昏。

　　那时的华山，只有东峰有几间宾馆，西峰的庙宇才刚刚动工开建。整个华山上寥寥无人，恍入云霓，人缥缥缈缈的恍惚与累。

午餐，自来水佐馒头。那夜，晚归的少年在出租的陋室里给自己煮面条，肌肉颤得厉害，一碗面，他怎么端，也端不稳。

那一天，1983年元宵节后那个乍暖还寒的初春，少年挣得了现金，九元钱。

挣现钱，据说是四川、河南还包括华山当地许多农民工，愿意去华山当背夫和挑夫的主要原因之一。

二

小爱玲痴痴地看父亲耙地，头一天耕牛耕过的地里，父亲再用锄头梳子般"梳"一遍。精梳过的细细土地上，他打窝。耙一锄，他退一步。爱玲的母亲往她父亲耙出的坑里点土豆。小爱玲穿着小童鞋在田垄里欢喜地跳，父亲耙出的坑，偶尔她用脚顽皮地一踏，似母亲手里刚点下的另一芽土豆。

小爱玲的奶奶已是绝症晚期，老人不知自己的病情，只道是一年前那次痔疮手术后失血过多，自己的身子愈加虚弱了。浑身疼，换不上气。同样，小爱玲也不知对她而言的另一个秘密，备下那些薪柴、种上这些庄稼之后，她的父母又将远行。他们会在某一个她醒来的朦胧的清晨，又突然遁影消失。

菜地后的土屋，是这个家1995年盖的。

那时刘道满已二十多岁。说不上亲，后来连媒人也懒得上门了。对方嫌弃他家穷，没房。

村里当时不让他家在这里盖房，常年在外打工，低眉顺眼惯了的刘道满第一次硬气了一回，他偏修，而且要修在村庄里这一大片大好田地的中央，修在那一片肥沃的褐色的土地上，让人一进这个村庄，远远就能看见。细青瓦，厚土墙。

篾条打骨，泥土筑墙。无须天花板，房梁下直接架粮仓。堂屋的两侧设卧室。与他家在山上的格局一样，堂屋一角支灶台。畜栏搭在屋外。

钱一时不够，梁下外墙人字形檩下的夹壁先空着，房梁下的粮仓先空着，堂屋与刘道满那屋之间的隔墙也先留着，待挣上钱后再做打算。

2008年，刘道满娶了亲。同年下半年，他的母亲，便血多年的老母被查出患癌。母亲这一病，整七年。

"可不可以不离开母亲，不离开小女爱玲，不离开这家以及这片土地？就在这片土地上平静地生活？"每一次刘道满自问之后，仿佛他走得更急更快。

母亲来日不多，母亲每日的口服药，药费平均一天需一百三十多元。家里两个学生，其中一个大学生，一年需支出三四万。一个中学生，一年需支出五千元。加上爱玲，再加上两个大人，全家人的基本用度，平均下来每一天一二百元。两个学生，是妻子带来的，不能亏欠；小爱玲是自己中年成婚、中年得女天赐的宝贝，他也不忍亏待。

钱且不谈，小爱玲也可暂时寄养别处，可是自己的母亲呢？这一别，可能就是一生一世，阴阳两隔。

元宵节之后，要不要走，小爱玲的父母已闹过一次心。

"大学那边让交钱了。"爱玲母亲嘟噜。

"娃儿人在，以后还有法子。母亲要是没了，那就莫法子了。"

"我莫那意思。"爱玲的母亲。

"那你是啥意思呢？"

"大学那边交上不钱，咋办？"她嗔。

"先借来垫上,眼下是莫钱,等挣了钱再还上呗……"小心翼翼又尾音上扬的执拗。

……

话赶着话,那时小爱玲熟睡,小小的女孩不知,为平息争执,无计可施的她病中的奶奶闻声过来,竟一下子跪在了爱玲母亲的面前。

爱玲的父亲上前扶起自己的母亲,老人的一肘在爱子的双手里,另一手撑着一根竹杖吃力地缓缓起身。

钱,把这个家庭已逼上了绝境。

建房借的钱还未厘清,母亲这一病又欠下巨债。

决定要走的前一天,小爱玲是不是有所察觉,她与父亲寸步不离。父亲去老表马文贤家说事,她让父亲把自己抱着。父亲跟马文贤说,你看我这个家……如若我母亲快不行了,请一定打个电话给我。

小爱玲似听非听,她坐在父亲衣襟里,眼睛一直望着远方几个正玩闹的邻家小孩。

已是四月的天,此前,别人家的莲白菜已并了秧。猪粪捏的玉米苗粪蛋子,每一窝里,玉米已吐出三两片嫩芽。谷雨之后,待这些苗芽发到"三叶一芯"时,就该往地里移了。可小爱玲家三个人的地里,前些年老人即使病着,拖着残身也种些菜。这一年老人动弹不得了,除了小爱玲的父母每年外出前种些土豆紧着老人吃,土地基本撂着。

去年雨水多,家里种了些包菜,这些菜老人吃不了也卖不上价,结果大都烂在了地里。

爱玲在田垄间小鸡啄食似来回蹦着,那日她的奶奶身子骨似乎稍微好些。一把小椅子放在墙边,老人不坐,是不是卧床一年多已坐不太稳了?她坐在地上,半个身子依着泥土的墙根。上午的阳光,温煦地照着这一家人,老人看着自己的儿子媳妇还有孙女在跟前晃悠,心满意足地看着。

三

  华山镇外一纵平房的屋檐下,小爱玲的父母背着空空的背篓往走道深处走。房东说:"还是原价,按天计,每天每张床五元房钱。包月呢,一百元一月。"

  三路人共租的房内,三张大床。除了小爱玲父母,另一个是背夫,还有个是乞丐。

  听说他们回来了,那晚几个相知的工友前来串门。坐在平屋外的屋檐下,他们饮酒唱歌说笑话旧。一万多个日日夜夜相处下来,他们已是异乡里的"老乡亲"。

  他们中——

  程运生:挑夫,1977年来华山,河南人。

  铁虎哥:挑夫,1998年来华山,河南人。

  程玉良:挑夫,四十岁来华山,今年六十岁了,河南人。

  权伟:背夫,四川人。

  刘道满:背夫,十五岁来华山,今年整三十五年。

  还有背夫老何、老蒋,他们在华山漂泊打拼都已二十多年了。

  第二天清晨,小爱玲的母亲递给丈夫十元钱,二人的早餐费。力气就是钱,余下两餐费用,他们有一整天的时间可以去挣。二人去从前常去光顾的一家小店吃面,面条上了桌,半碗面已经下肚时他才看见,从前五元钱一碗的面,年后涨到了六元。吃完面,二人欠下店家两元钱。

  这一天,无活。

早年，背夫和挑夫在镇子里的菜市场候着，等"上面"派活下来，如今山上已无工程在建，三十多年过去了，华山的四个山峰上，高中低档的宾馆都已建成。这里已成了享誉世界的名胜景区。游客服务，管理局组建起了一支管理规范的自己的队伍，零星地给山上和沿途酒店饭庄送些饮料和食材之类的活儿，早有相应的工头揽下。而剩下的一些散活儿，凭的是关系。爱玲的奶奶这一病，爱玲的父亲来来去去，这里头的"关系"已有些疏离。

　　第二天，疏通好关系之后这一对夫妻终于开了张。

　　从山下往山上毛女洞方向背货。六大件矿泉水，两件方便面。夫妻俩的背篓里，一人各三件水，一箱方便面。每件水二十四瓶，每瓶五百毫升。

　　毛女洞位于西北峰的毛女峰上，传说是《列仙传》里餐风饮露的"毛女"隐遁栖身之处。一去一来，走得快，得七八个小时。

　　山路有的地方梯步狭窄，一边是岩石，一边为悬崖，小爱玲的父母攀缘着一旁的铁链缓缓行。

　　他俩面红如潮，不多一会，他们脖子和手背上的血脉贲张起来，他们的衣衫湿了，汗水淌过脸颊流进嘴里。山道拐弯处，有店家将黄瓜浸在清凉的水里脆生生地叫卖，两元一根，两元一根！

　　悬崖边，不时有游人歪着身子给他俩拍照。

　　"好辛苦。"有游人在他们身后道。但只有"刘道满们"知道，有活累，无活干时更累。

　　刘道满这一生干的最"累"的活是在二十九年前。那一年，二十一岁的他与农华村七八个后生听说山西一家电热片厂招工，他们结伴去了。结果从全国各地被"招"来的近百名工人都被关进了这家"工厂"。一排预制板下的工房里，每一间屋里住着几十号人。工厂只许进不许出。

轮班高温作业，不让休息。

他曾去问一个工友为何眼睛是肿的，结果当晚，他被唤进了一间黑屋被几个人暴打了一顿。

当时他只觉得自己不行了，鼻孔腥臊臊地喷着热血，双耳失聪。他不知自己犯了什么错，为何会被打？后来明白，那是"下马威"，打给别人看。从那一刻开始，他想到了跑。一个月之后，老实巴交的他与其他几个同乡终于等到了逃跑的机会。

那夜下班后，厂方同意他们六人去门外的镇上吃饭。哪里有心吃饭，他们出得门来，一路狂奔，亡命天涯一般。他们匿在路旁漆黑的苞米地里。很快他们听见了追逐声，来人凶悍地往苞米地里掷砖头。他们忍痛屏息，这才躲过一劫。

身无分文，无衣无食，怎样流浪回家的，他从不愿回忆，只是此后的打工生涯，刘道满再也没有离开过陕西华山。

那日在华山，从山下背货到毛女洞的小卖部，那一趟，夫妻二人共挣得现钱八十元。

毛女洞若再往上行是西峰，西峰之巅有一巨石上铭"劈山救母"。女娲娘娘补了天，剩块石头成华山，那是所有戏里歌里，传说中，沉香救母故事的发生地。

八十元，是这位现世的"沉香"、刘道满为母亲挣来的一天救命药费的近大半。母亲是这个背夫一生爬坡上坎，永远不可也不能卸担的"重负"。

小爱玲的父母轻快地往山下走，背夫们常年在外大多无缘成婚，二人走着，每一步仿佛都欢欣地踩在那晚饮酒时，不知哪位工友唱的他们自己的"流行歌曲"的调调上：

妹妹若是来看我，千万别再走小路，为什么呢？小路里那个台台多，我怕扭了妹妹的脚……

妹妹若是来看我，一定要从梦中来，梦中的那个知心话，我们两个可以慢慢地说……

四

小爱玲的父亲是在背货上山的路上接到马文贤电话的，"三姑，快不行了。"

他赶回农华村时，母亲只能流泪，已不能说话。

母亲那屋，檩下的外墙依然空着。母亲身旁床沿上方的土墙，那蜂窝状的墙上的泥屑，一触即落。房里的另一面墙上，母亲不知何时请来一张大纸，电影海报一样的那张大纸上，空落落地印刷着一个大红的"十"字。

他不知母亲最后的时光是怎样度过的。

母亲始终不相信自己得了绝症，"我一家人从来没有做过任何坏事，我怎么会得癌呢？"

听说，母亲后来常常跟人讲自己年轻时的那些事。当年三个生产队，就自己一人爱当"积极分子"，有人偷了队里的苞米，她带人去擒。队里的几个地主和富农分子，她让人家戴上高帽子，站凳子上批斗。"这些都是不对的。"

"这些算坏事吗？"她也常常询问前来看她的乡人。

爱子刘道满背井离乡打拼来的救命药钱，但凡有乡人来探视，对方携滴水之礼，老人定要还一碗之恩，有时甚至更多，方才心安。

历史制造了历史，远山里的一位善良迟暮的老人，却在以这样的方式厘厘"赔付"。

十余天之后，老人带着病体走了。

刘道满找人打掉了堂屋里的灶台。母亲的灵柩，敞敞亮亮地停放在她独守了近二十年的这间堂屋里。堂屋的右边是母亲的房，左边的一帘塑料彩条布后，是道满夫妻的房。道满夫妻的房中，一台火炉边，一个月前，这个孝子，曾在这里最后一次给母亲洗脚。

一盆热水放在母亲脚下，他蘸着水给老人濯手。人老了，手上只剩一层皮，人皮如盆里的毛巾，一牵可以叠起来拧。他递毛巾给母亲擦脸，就着这盆热水又给母亲洗脚。

他扶母亲回屋，脸上有了容光的母亲被儿子搀扶着，另一手拄着杖，破旧的棉衣风褛般披挂在肩，似威风凛凛的"佘太君"。母有子孝时，尤显"贵气"。

那一晚，他的母亲将一只手曲回来枕在耳下，侧着身，就这样痴痴地望着翌日即要远行的爱子。这一别，母子俩都知道意味什么。

"在外头再莫得钱，借钱也要吃哦，身体要紧……"母亲说。

震天的鞭炮响起来，出殡那日，他端着灵像走在下葬队伍的最前面。

大红的红布，覆盖着母亲的棺椁。母亲被抬着迈出家门的那一刹那，他听见的，分明是今生最后一次挥别母亲时那个清晨，母亲的声音——

妻女在身后，田地在身后，村庄在身后，一只行囊在背上，自己已走出家门了，站在光亮处，母亲在门内，在阴影里。他转过身，在自己的家门口，最后一次也是平生第一次给慈母跪下了。

辛夷花下的人家

母亲没有料到，一时慌了手脚，她忙扔下手中的杖，去扶儿，然后不住打躬，又恍若是在答谢一个外人，"幺儿呀，你慢慢地哦，往后满谷满屯的好哦，钱也使不完哦，粮也吃不完哦……"

那是一个植根土地上的老人给后人，一世的终极祝福。

五

"我们……可不可以，以后留在这片土地上？"

我所说的"我们"指刘道满。

羊年前夕，刘母去世八个月之后，在刘家，我问小爱玲的父亲道满。

小爱玲在我身后，在这屋与堂屋之间，那张用以替代隔墙的塑料彩条布下伏着。塑料布似道具，留着童花头的她自言自语，一会儿这一面一会儿在那一面，独自玩着藏猫猫。

刘母走后，小爱玲一家搬去了爱玲的母亲处。这家，彻底成了空巢。

堂屋里，刘母生前随时挂在手里的竹杖还在。刘母生前爱蹲的墙根处，着急的老鼠已打了两个小洞。屋前屋后的地，荒在那里。道满夫妻的屋里，一把镰刀吃在墙上，几节竹竿楔在墙上，一应的生活用品，竹勺、洗衣粉、小半袋大米、毛巾、衣服等，担在竹竿上。

这个家，可以叫作家徒四壁。

每一次出门，道满夫妇外出打工，小爱玲会哭得声嘶力竭。去年他们去西安打工，也就是道满最后一次别母那次，据说同样也是。她从外婆怀里挣脱出来，冲过那些坡坡坎坎追上了父母，但最终又被送回到了外婆怀里。

小爱玲走出门来，大半个身子匿在父亲大腿后。在城里，这样年龄的孩子应该上幼儿园，再大一些，该念学前班了。

小爱玲眼里有着这个年龄小囡囡少有的倔强，与见着生人的怯。她拽着父亲裤腿的小手上，长着密密的土色疹子。道满说，可能是娃背着外婆玩蟾蜍，中了蟾蜍吐的毒液。我劝他带爱玲去看看，担心是一种病毒。他用手抚爱玲的头，说不用，娃不金贵，那得花不少钱，山里春天会长出一种草，听说那草汁一抹就好了。

腊月里，山里依旧天寒地冻。父女俩身旁的一片荒地上，几朵苦麻菜花黄灿灿地开着。没有一片叶子替它们吸吮日月光华，那花，依旧金灿灿，绚烂璀璨地怒放。

不远处的那株辛夷花树也没有树叶，这种先开花后长叶的树木的枝头上，挂满了一树山雀蛋大小的毛茸茸的蓓蕾。

写下这篇稿子时获知一个数据：

中国的自然村落，目前正以每天八十个以上的速度消亡。

土地上的人们扔下土地，扔下老人和孩子去了远方，而在那远方，华山对于"刘道满们"而言，如今却已彻底无活可干了。年龄偏大又无特殊技能的背夫刘道满，据说年前，只在陕西的西安和青木川等地，找到了一点临时的活计。

一代又一代的农人过着他们看似平静又如常的生活。小爱玲长大之后，不知那时，乡村何样，爱玲何样？

（致谢侯伦文先生提供早期影像资料）

上学

上 学

躺在漆黑的老屋床上时，已近晚上十点。

电灯开关，一根脆弱胶线，绾在床头帐钩上。灯关了，仿佛你仍能"看见"这间屋里，每一个方位的每一件物品。

地不平，一如屋外，风过处会扬尘的那种泥地。床前，直至墙角，一地吐了幼芽的土豆。往右，几袋白底蓝字包装的化肥。一旁房门左侧——我床脚处，一只齐腰深椭圆木桶，金灿灿的玉米盈满。

没有桌子，孟申凯老先生的妻子，取来一顶大簸箕，担在半尺高的木盆上，算是"行李架"。

屋与屋之间隔墙的上方，全然相通。

屋外，山泉水冲刷着一沟嶙峋山石。如大雨滂沱，又幻似有小猪，哒哒哒通夜吸食。

屋里，隔壁，那夜，六十四岁的这位山村代课老师孟申凯，可能也醒着。

四川东部的达州境内，万源市曹家乡田坝村，从他的这个家，到他受聘代课的另一个村庄，水鼓坝村的村小，约莫五十里地，我将随行，老先生是在担心我的脚力。这些年来，几乎每一个这样的周一清晨，他五点起床，然后，步行四五个小时，九点前赶到村小，为他的学生们上课。每个周五的下午，孩子们放学之后，他又沿路返回。

那个下午，老人在他家附近的公路旁来接我，要涉一条河，河床几十米宽，河上的桥——一把接一把的梯子，架在乱石上的那一座一座"桥",我是半蹲着身子,横着移过去的。

黄昏时,孟申凯的领导,曹家乡中心校的校长也来了。孟老师给出了两个建议:一是租车,经万源的白沙镇,走重庆的"城口"绕道进山;第二是以摩托车代步,走他走了十几年的那条路。校长以征询的目光看我。

明白他们的心思,我婉言谢绝了。一个老人,于每一个清寂无人的清晨,风雨无阻,寒来暑往,这一条路,他一走十一个春秋,而我,又岂有娇纵之理。我要随老先生一同步行上山,一如他寻常每一次去上班,去执教,去见那里等待着他的五名小学二年级的学生和七名学前班的村童。

先生

枕于秦巴山脉(秦岭和大巴山)之上的四川万源,海拔最高处约两千米。万源以东,大巴山的腹心地带,有一山名花萼山。花萼山约三分之二土地上,栖息着一个村落,名曹家乡。特殊的地理环境,给花萼山,也给这个仿佛在天一隅的山村,带来了不少"冠冕":高寒贫困乡、"物种避难所"、具有代表性的北亚热带森林生态系统等。当然,也带来了眼前的这位老先生,和先生膝下的十二名学童。

最终,由中心校的校长定下一个折中方案:雇一辆摩托车运送我的行李;再雇一辆面包车,送我和孟老师一程。面包车可抵达曹家乡的老乡政府前,也就是说,我和孟申凯老师可节省约一半脚程。

有了汽车,孟老师决定晚走一点。

五点,我的闹铃响起。

头一晚为我和客人们而备的一大桌菜,老先生的妻子一碗碗地在厨房加热，然后端到堂屋，神龛前的那一张矮餐桌上。

快六点时，驮运行李的摩托车师傅和送我们的面包车司机来了。孟老师的妻子，往丈夫的双肩包里装东西，豆腐、鸡蛋、土豆等，那是学生娃们一周的"营养午餐"食材。每人每日，国家给每位小学生补贴四元，学前班的学童，每人自付两元。午餐由老师代做。

已是三月出头，山里的清晨，仍冷得人生疼。从头到脚，我把自己武装起来。

我们是差不多七点十分，和面包车告别的。

站在山道上的垭口，面包车一颠一踬地蠕动调头，一旁的孟老师把沉甸甸的背包往身后一拷，像个背包客。他的右边，山路下，沟壑森森；前面，一车宽一点的泥土道路的远方，那些坚硬的顽石与峰峦，以及四下里的整个大山，还笼罩在迷蒙薄雾中。

有些偏瘦的孟老师，从前无福走这样的路。他用手横着指给我看，从前，他走对面的峻岭里，那些如今已无路的荆棘山径。

我们的前方，同一个方向，去水鼓坝村，也去孟申凯老师第一次去执教的那座村庄，郭家坪村。

1971年，二十岁的孟申凯第一次走在对面的大山里，十几里地，一个单边，他走了近两个小时。

那时，这位民办教师要去的地方，没有学校，当然村子里也没有读书识字的人。村里的老人邓育清，腾出一间屋子，郭家坪村小，就这样开学了。

村子里，一二十个人，不分长幼，同读一年级。一师一校。学生中，最小的七岁，最大的十一岁。

那时，那座村庄通往外界唯一的交通工具，是马。食盐、布匹、煤油等一应生活用品，都靠马驮。

村庄通往外界有两条路，一条奇险，无人走；另一条，也摔死过人。三十岁的复员军人周怀元，那年从"陡梯子"处过，一失足，再也没能站起来。

学堂，给这个美丽山村赋予了某种传奇。许多山里人觉着，村庄里，一夜间仿佛多了妩媚。

一经被人称作"老师"，这个高中毕业生，再也无法回头。

三年后，他被派到另一个村庄，创建另一所村小。大沙坪村村小。

民办教师那时的工资收入分两个部分，乡中心校每月支十三元，队里支十元。队里的这十元，只能用于在队里购买全年的口粮，约四百斤。

每学年开学前，孟老师会去乡中心校给学生们"赊"书本。一个学生娃，每学期约十元钱书本费。书本，他先领回来，一应的费用，由中心校逐月从他的工资中扣除。

他全年薪水为一百五十六元（队里发的十元只换口粮），也就是说，二十几个学生，如果收不齐书本费，一年下来，他得倒赔乡中心校赊给他的那些书本费。

还好，山村人体恤他，同时知晓念书的好。

那时的老师也是不易，期末考试，老师得带领娃娃们跋山涉水去"考试点"，会考。

那一年，他至今记得，自己带着二十几个娃去赶考，他们要涉河去对面的沙罐河小学。娃们在岸上，他一个一个背他们过河，才背过一半，洪水猛然涨起来。他站在水中央，洪水肆无忌惮地往上漫，他背上的娃，开始嘤嘤哭。

……

山路崎岖，小河涨水，最难的都不是这些，有时是自己"不争气"。

在田家湾村小那阵，他小便带血，一拖三年。有一天他实在是腰痛得不行了，三十几岁的人了，他在宿舍里抽泣。还好，那所村小非"一师一校"，有六名教师。老师们七手八脚，绑起一架滑竿，抬他上船，过河，又换乘拖拉机。

在山下一家部队医院，他被摘除一只肾，这才捡回一命。

只有一只肾的老先生这个清晨在我前面，飞快地走。

山路上，我听见自己的喘息声。心悸如擂。

有一阵，我们坐在泥石流滚落在路旁的大石上歇脚。我坐悬崖边的这一块，他坐岩石下的那一方。

一辆摩托车远远开来。这是这个清晨我们相遇的唯一一辆车，也是唯一的人。

路面显然被清理过，泥石流给山路留下了一堆一堆的黄色新泥。摩托车手是位年轻后生，车座上驮着两袋化肥。无法看清头盔里那后生的面目。车在几道深深的泥槽中，拐来拐去找路。

这条路是2007年贯通的。"村村通"，初衷是为了能让这山山岭岭通上汽车，结果山里泥石流多、雨水多，这路，一年通不了几回。必经这路的人们，后来不再抱有幻想。

不远处终于出现了田陌、人家。

豁然开朗的一大片公路边的地里，几个人在忙碌。见着孟老师，他们直起腰，仿佛天长日久，熟稔得早已无话。他们露出齿，有深意地笑。

山外的油菜花在我来时，已染黄了天空，而这坡上坡下，裸露在阳光下的清寒土地里，油菜仅尺高。他们在种土豆，用牛粪打着底。

这又是一个村庄了。孟老师说。

近两个小时脚程中，我们已路经了三个村庄。

经验中的村庄，应该有许多孩子，许多老人，一株大树，几缕炊烟。有鸡鸣，有牛哞。而在花葶山里，眼前的这座村庄，小坪溪村，只是路旁公路边，那坎子上的几处错落村舍。

是不是，一个孩子发现了有人路过，一眨眼间，一群六七岁一般高矮的小孩，轰的一下出现在那院落的坎子上。他们站在那里，一双双清澈大眼，一动不动地望着路边。

从前，那坎子上就是一所村小。那时候，那山上面，那梁上，都住着人家。2005年，小坪溪村小还有一百四十多个学生，老师五六个。可现在村里的人都远走了，学校只剩下三名学生，村小被撤。

已是清晨八点光景，几个学龄孩子，为何还在家？据说，他们如今要去上的小学，在我们的身后，在我和身边这位老先生乘坐了一段汽车，又走了近两个小时山路的那遥远的来路尽头，曹家乡上。

这路，若不临崖，不突遇山洪，不遇暴风骤雨雷霆闪电，不望危崖，不瞰深壑，几米宽的泥土路上，除了累和力不从心外，你可能一时看不出它的险。因为，绵延大山，总横亘你眼前。

还有多远呢？这里的地形部分呈喀斯特地貌，我举目望着陡壁四起的山峦。

课堂

孩子们站在高处,因为在山塆处,好似一群歇在天岸的鹧鸪。

见着老师,学生们从煤屑样黑色碎石的山路上冲下来,将孟申凯老师团团围住。抱的抱,扯的扯。

一时无法分个亲疏。孟老师左手牵一个,右手牵一个。其余学童,自觉地顺着两边,小手一只只拉起来。山路上,他们走着,像一只大鹏,羽翼丰满地迎风。

教室前后各一张黑板,不知何故,孟老师只用其中的一张。

五个小学二年级学生,靠左窗坐。两列,共三排。第二列最后一位,学前班的一个学童填补上。

右边两列,各三排,坐着学前班的六位学童。

整整齐齐的四列,前后共三排学生。

孟老师站上讲台。

没有上课铃声,也没有一柄铁器敲击一只三角铸铁的声音,老师示意了一下,上课了,然后值日生站起身来领礼:老师好!

同学好!孟老师回。

孩子们坐下。

上午九点三十分。那日第一堂课,语文课。

小二的同学翻开语文课本(二年级下册,由课程教材研究所和小学语文教程教材开发中心编著),老师让同学们一齐诵读上周学习过的课文。

第二课,古诗二首:《草》《宿新市徐公店》。

老师与同学一道声情并茂地诵读。诵读完毕,老师准备抽一位同学上来默写课文。刚才领礼的值日生喻朝笔在座位上,跃跃欲试。老师点了她。

体型壮硕的朝笔甩着一头长长的马尾走上讲台，她在黑板一角，在两张 A4 纸大小的位置上，密密麻麻地写：

离离原上草，
一岁一枯荣，
野火烧不尽，
春风吹又生。

"她写对了吗？"孟老师问。"对！"学前班的学童也在跟着顺口答。

应声如戳，印戳一枚一枚盖满大山。

孟老师第一次来这里执教时，这里有一百四十多名学生，老师五名。学童从一年级到五年级，一所完小。他教二十多个学生，二年级和五年级两个班。那时的教室，六间，在室外，在一群鸡子正格斗打闹的坝子下方的那排泥屋里。那时他也上复式班，但那时的学生本分。

复式课堂上，不知为何，那日，学前班的一个小女孩，总是脚前脚后地跟着孟老师。"坐到你位置上去！"讲台上的他小声斥。小女孩也不诧。头顶两撮羊角似小鬏，她就那样仰着面，一脸认真地看着正给二年级同学讲课的老师。

小女孩是前一日入学的，父母都在新疆打工，小女孩也在新疆长大。父亲挖煤，母亲帮店，那边没有合适的学校，年前她被送了回来。由爷爷奶奶照看。被一同送回的，还有小她一岁的她的堂弟。

小女孩是班里年龄最小的。没有办法，孟老师把小女孩送到她的座位。第三列，第二排。老先生刚一松手，小女孩又折返身，去翻看最后一排一位同学课桌上的文具。

小孩子还没有上学的概念，只当是乡间乡亲的小伙伴们相聚在一起了。几本新发的学前班课本，教学练习册、拼音练习册、美术，她胡乱扔在桌上。书包压在新书上。一双眼，茫然四顾。而眼前所有的一切，又仿佛不是她所在意的。

布置好功课，二年级的同学开始做作业。

孟老师转身，教学前班的同学们识拼音，同时，识拼音下面的这五个字：

个、八、人、大、天。

是不是后面的小同学不让别人动自己的东西？是不是小女孩觉得自己，没有得到所期待的重视与回应？每个人有与生俱来的自我存在感，她从自己的座位起身，然后，走到教室后面我的跟前。

几岁了？我悄声问。

三岁。她开始对我的大书包感兴趣。

叫什么名字呢？

胡——轩——

小胡轩站了一会，又回到她自己的座位去了。须臾，抬起自己的小凳子，从教室后门往外走。一转眼，穿着细格棉袄的这个小女孩，大半个身子，连同她那美丽的童花小脸，如一张大窗花，紧紧贴在了教室外的玻璃窗上。

此前，小学班和学前班，分班教学。大小学生，互不干扰。一堂课，上半时老师在这一边，下半时在那一边。后来管不住了，老师在这边时，那边有学生出教室了；老师在那边，这边学前班又有同学哭起来。于是合班。

今天一共六节课，除了课前的"阅读"外，课程表上写着：语文、

深山里的留守儿童

语文、数学、音乐、美术、班会。因为一早在村主任家耽误了一会儿，今天的阅读课没有上。

课间休息时，我找孟老师要来了一份花名册。

小二班：

覃伦彩九岁（父贵阳打工，筑路。上学路途：一个多小时）

喻朝笔九岁（父贵阳打工，筑路。上学路途：约五分钟）

甘小艺九岁（家有双目失明老人。上学路途：约半小时）

甘小巧九岁（家有双目失明老人。上学路途：约半小时）

卢正兴九岁（父矿工，打工归来。上学路途：约两小时）

学前班：

赖德铭六岁（父母新疆打工，装修工，待出发。上学路途：约两分钟）

赖德瑞四岁（父母新疆打工，装修工，待出发。上学路途：约两分钟）

覃伦璧六岁（父母浙江打工，玩具厂。上学路途：约一小时半）

田仁丹五岁（父母在外打工，建筑工，明天出门。上学路途：约十分钟）

胡轩三岁（父母新疆打工，矿工。上学路途：约十分钟）

　　杨超六岁（母亡，父这两年没出门打工。上学路途：约半小时）

　　覃仁东六岁（父残疾。上学路途：约二十分钟）

　　括号里的内容，是我一边咨询老师和同学，一边注明的。我是想知道，这个村庄，九百多在册户籍人口，如今，半数以上的人远走了，他们与中国大多数乡村一样，年轻或壮年的他们离开了故土，他们带走了他们的老人和孩子，他们在异乡接受着"城市化"带给他们的欢欣与迷茫，那么，是怎样家庭背景的孩子，如今仍然选择留在这里？而这些孩子，他们又在怎样生活和学习？

小鱼儿

　　第二天清晨，我答应陪距离村小最远的卢正兴同学一同去上学。

　　清晨六点半，小正兴的爸爸开着摩托车来接我。我宿村小不远处村主任家。

　　细雨，天阴寒。这个村庄所在位置海拔只一千多米，但深谷里，山风凛冽，吹到皮肤上割人般疼。我穿戴上所带的全部衣物，村主任的妻子又找来一顶带着猫耳朵的毛线帽给我戴上。

　　车灯亮着，车在蒙蒙暗雾中穿行，山无棱，天地混沌。我与驾车的正兴爸爸喊山似说着话。

　　"我得付钱！"我说。我不承想，村主任帮叫的车，正是小正兴爸爸的。

"你也是为娃们才来的。今儿我说了算!"

"平时跑这一趟,得多少钱呢?"

"主要是自家用。正兴有个姐姐,在乡上念四年级。十岁的女娃,每周离家回家,一去一来,两头的天,都是黢黑的。娃一个单边,要走四五个小时山路,落雪下雨天,我得去接送。"

正兴妈妈是陕西人,正兴妈妈的父亲,是当年正兴爸爸在陕西洛南,挖矿时的工友。一来二去,成就了这门姻缘。婚后,洛南女子来到了这深山里。这个家,一个主内,照料老小;一个主外,打工养家。

去过广东,也去过山西等地,正兴爸爸最后一次出门打工,是在两年前。

那时他在陕西潼关一金矿采矿,四人一个组,矿床子宽时,一天能采矿石三到四吨,每吨折成工钱,一百多元。若遇矿床子窄,一天不出活的时候也有。家里上有老,下有小,还有一家四个人的田地。后来,他想家了。

小正兴站在门口,无声地笑。有些脏的蓝色动物图案书包,他背在背上。

小正兴很内向,你几乎听不到他的声音,哪怕是笑。爸爸让他叫老师,他低头看自己的脚,由内而外的阒静。噤若寒蝉。

小正兴的家在公路旁。屋里的老人还没起床,三开间老屋右侧的厨房内,火龙坑里的火正旺,柴火噼噼啪啪地响着。每天七点,小正兴从这个火舌喜人的温暖老屋出发,九点前到达学校。

还差几分才七点,知道路上的冷,我跟正兴说,再烤一会吧,来得及。

他把一双小手架在火上，小脸红彤彤的。门外，一群鸡，坎上坎下地啄食，一条大黄狗，竖起尾巴，警惕地注视着眼前的一切。山上山下，谷里谷外，周遭空空无人。

这个家里，两位老人，一对年轻的父母，三个小孩（正兴十岁的姐姐，还有一个三岁的弟弟）。除此之外，家庭"成员"里，还有，两头猪，三头牛，一群鸡和一条土黄狗。每天清晨，天不亮，第一个起床的是正兴的妈妈，然后是土黄狗和一群鸡子，然后就是小正兴。

吃过早饭，小正兴上学去了，一家人陆续起床，深山里的这户平常人家的一天，就这样没有变化地开始。

周末或者暑期，不上学的时候，小正兴会帮衬家里放牛，或者打猪草。上学的日子里，他放学后一路玩着回到家，余下的时间，往往只够看一会电视，然后做作业。

眼前的路，是2006年全线通车的。这条几米宽的没有硬化的泥土路，一头通村委会，通孩子要去念书的那所村小；另一头，仅十分钟的车程，是重庆的城口。入城口，全是硬化过的柏油路。

这条路，是这座村庄唯一通汽车的公路，是整座村庄的生命线。出门打工的年轻人，生病下山去就诊的留守老人，往返白沙镇去念书的中学生，都得乘车走此路。

面包车，一个单边，约一个半小时车程。车，几乎由山下镇上一名跑了多年山路的老司机王师傅私人揽下。电话预订，每人每乘五十元。

小正兴很聪明，这条泥路，深一道浅一道有两道车辙，他始终走最靠左边临河谷的那一道。太靠河谷边，可能会掉河谷里；靠右走，走山岩下，担心会遇上泥石流。

是妈妈教你的吗？我问。

他跳跃了一下,笑,深深点头。

天已渐亮,路上,辨不清物种的那些树木,叶脉蕾动,总缠绕我。

这是什么?

栗子树。

那个呢?

山核桃。

不对,我立在原地,两株树树形差不多,树皮肌理也相差无几。我满腹狐疑地端详。小正兴这下可高兴了,是不是因为我这个大人的无知?他指着远方,对面山上的一处白屋旁的一树枯枝,"那是桃花树。"他说。

走了半个多小时山路后,小正兴终于肯主动说话了。他从手心里变出一个小粉粒,只指甲般大。"你看。"他得意地把小手一下子松开。

一只塑料小鱼儿。

"谁送你的?好可爱!"

"姐姐从曹家乡带回来的。"

我们于是开始在上学路上的山路旁找水源。他说,这鱼若在水里,水一流,它会游。

找到路边一汪积水,他把小鱼放进去。冰凉的水里,一只小手划圈助力,小鱼儿果然立起身子游起来了。

后来他把鱼儿抛在空中,掷在我们前方的路上,让它像小麻雀一样跑。

无水的陆地上,干酥的山路上,我看见,那尾可爱的小鱼儿,欢喜地蹦着,"存活"着。

路过一片鳞次栉比依山而建的老屋,一位大婶在门前洗衣,一位老奶奶在一株老树下吃饭。大婶远远地招呼我,问我从哪里来,这是要去哪里。

走了一个多小时,从朦胧走到天亮,三两半塌旧厝,几间闭户老房,这是我们看到的第一户有人居住的农家。望着大婶身后,那一大片没有炊烟,鱼鳞般绵延起伏的瓦房,我问大嫂,那些人呢?老奶奶和洗衣的大婶几乎同时回我,都下山了,进城了。

不远处,路旁一处白色砖房,是小二班女生,覃伦彩的家。每晨路过这里,小正兴会叫上这位同学一道走。今天覃伦彩没有等他。不知为何。

他领着我继续往前走,山路下面是河谷,涧水绕石的河谷对面,山与山之间形成一道天然豁口,小正兴对着那静静的山谷,弯着腰奶声奶气地喊:

覃——伦——彩!覃——伦——彩!

与小正兴同龄的九岁小女孩覃伦彩,每天清晨,她会背着书包,和妈妈一起将家里的几头牛赶上山,然后再赶去学校上学。每天下午放学回家,找牛回栏,也是这个小女孩和她妈妈的事。小女孩的爸爸在贵阳打工,筑路。

豁口处不远的一排木结构的青瓦山居,是花名册上,二年级同学甘小艺和甘小巧的家。这对双胞胎姐妹花,每日放学回家后,也会去找牛。某一次,牛丢了,姐妹俩找不着,似昔年电影里的"龙梅和玉荣"。后来全家人都出动了,满山遍野地寻,天黑了,他们回到家,结果牛早自己回来了。

那日晨,覃伦彩七点半就到校了。清晨,她妈妈给她做的早餐是,白米饭,加点油,加点盐,再加少许的只这山里才能一见的那种火锅底料。

那时学校里空无一人，她一个人就坐在教室里，任时间一分一秒地过，等同学一个一个地来。

她趴在清冷教室里，那张自己的课桌上，偏着头，看室外的天色一跳一跳地亮起来。

那时教室里有点暗，教室里没有灯。

小杨超

孟申凯老师是 1995 年，从民办教师，转为国家正式教师的。

那时乡村教师的薪水分三类：国家正式教师，月薪三百一十五元；民办教师，一百一十四元；代课教师，几十元不等。

那年在中心校总务室，孟申凯领到了第一月的工资，他捏在手心，这笔钱，刚好够支付他聘请的一名学前班代课老师近半年的薪水。同年，他被调到了这个偏远的空山里，水鼓坝村村小。

那时，每周一从家里返校，他举着用杉树皮或者柏树皮扎成的火把出门，走一程，火把灭了，天才渐渐亮起来。

那时返校，他一路要经过无数"景观"。会路经约十二条河——双叉河、三道河、母猪口、三河湾等，会经过若干的崖与壑——擦耳崖、飙水崖、清水崖、滴水崖、干河沟、土垭子崖等，还要经过三座寺庙——红福庙、阎王庙、土地庙。

从龙角山往上行，那里路径最窄，最危险处仅一脚宽。崖下是深渊。有一年，乡中心校三十六岁的老师权启茂，就摔死在距此不远的崖下。

那时，这座村庄，只有极少数的青壮年外出务工。

那时他看见，村里的人，的卡布的衣衫不舍得穿，过节才吃米饭，客人来了才给煮面条，因为面条也算是一道菜。那时，没有电，米、面、玉米粉，人们用古老的大石头"碓窝"杵。那时候，满山满谷的野生漆树，村里人将树上的漆籽采下来，炒干，榨油，固成饼。炒菜，照明，都用它。有时候，村里有爱好的女子对漆过敏，吃了那油，一张脸，肿得圆圆鼓鼓，见着人，就不胜羞怯地捂住面。

那时候，这个村如今的村主任——当年二十二三岁的他，正在河南、河北、湖北、辽宁、陕西等地，辗转打工。外出务工，成为农村家庭经济和农村人的希望。那时在外打工的人们，不往家里寄信，平信要走一两月，怕丢失；寄挂号信，家里的妇孺或老人，还得下到当天无法返回的白沙镇上去取。

曹家乡地处四川、重庆、陕西三地的交汇处，重庆城口县双河乡刘家沟有一个小卖部，那时，这个小卖部有了方圆几十里第一部公用电话。外出的人捎个口信回来，某月某日大约某时，会打电话回来。于是那户家里的人，一大早就出发了，他们换上讲究的衣衫，步行大半天来到刘家沟候着。"二元一接"，不限时。打电话，五分钟一元钱。

长长的队伍排在村头，村民们后来交流出了一个窍门：远方有电话座机的，这边人打过去，电话响一声，挂掉，对方明白暗号后，立马回过来。这样只需付两元，还省下了等电话的时间。

多年之后，水鼓坝村通上了电之后，这个仿佛天岸边的小山村，也终于有了一部私人电话，是开酒作坊的老陈家装的。几根天线支在陈家的房顶上，这部电话管四五个队。电话来了，老陈在这山喊，那山的人听见了，一户传一户，一人传一人，接力赛似的，传过梁，传上远山，山里的人便跑过来接听电话。

电话的那一端，一位个头不高，一只眼，眼底生着一星白内障膜的少年，也在电话机的旁边伫立过。站了一会，少年悻悻地走了。

少年在水鼓坝村念村小时，孟老师那时还没有来到这里。小学毕业，中学得去山下的乡里念。五人中录一个。家贫，加之路途遥远，念中学的事，少年只字未提。

十三岁那一年，少年随村里人第一次出门打工。

陕西灵山，在一个林场给工地上的工人做饭。烧菜，洗衣，连一早一晚的洗脸水、洗脚水，他都给"工头"端上来。几个月下来，少年分文未取。山人里讲究"衣锦还乡"，再不济，也得穿一身回家。后来工头给少年置办了一条的卡布的裤子。

这之后，少年出门打工前后十余载。

十多年里，他去过新疆、广东等城市，最不能忘的是他初去新疆的日子。

十四岁的他，淹没在打工的人群里。他坐在火车车厢与车厢衔接处的过道旁，一坐七天，火车烧煤，翻越天山时，车身后面，又加了一个车头助力。

在新疆摘棉花。每市斤两毛五。摘一斤，算一斤，工头不再抽成。

每天五点下地，"面朝黄土，背朝天"，天黑尽了才收工。中饭有人送来，也在地里吃。整整抢收了半个月。

那一年，他是十一月八日走的，春节他没有回家，摘完棉花又打其他短工，总共挣来三百八十元钱，他拿出一半，请一位乡亲捎给了他远在深山里的父母。

三年后，1997年他第一次从新疆返家。那年，十八岁的他带回了现金四千五百元。靠着这笔"巨款"，他替父母还清了经年累月积压下来的农业税款。

"为何不回家呢?"

差不多近二十年后,今年已三十七岁的他,那日对我讲:"看着别人念书,倒不如,自己远走高飞的好。"

当年无缘下山去念中学的少年,是我眼前,第四列最后一位村童,学前班的同学,六岁的小杨超的父亲。

小杨超家住村小背后高高的山脊上,杨超的父亲杨仁轩,因为种种原因二十八岁时才婚娶。婚后才知女方患先天疾病。前年,杨仁轩带着看似正常的杨超妈妈,还有小儿子去杨超妈妈娘家的邻居处吃酒。杨超妈妈吃好后提前离席,去几步之遥自己的娘家烤火。结果独在火边的她,突发癫痫,火龙坑里的火苗引燃了她身上的衣服。

一个月后,她走了。

小杨超那年只四岁,他是长子,按照乡里古老的习俗,在那些日子里,村里人看见,小杨超披麻戴孝,跪在地上,来一个人,他匍匐在地,叩上一个头。

旧院

第二天下午,仍旧是语文课。

孟老师用普通话一字一顿朗读第三课,《笋芽儿》。诵毕,文中的生字,他着重点读。比如,笋子的"笋"字。

孟老师用三分之二的时间,给小二班的同学上课,余下的时间,他教学前班同学识一组拼音韵母。

他将那组韵母一一写在黑板上,他的身后,少不更事的村童打望,不时回首看我。

学前班同学小杨超的脸上，一道紫青的痕。那日羊不愿回家，他去拽，羊绳给勒的。

穿着红色碎花罩衣的田仁丹，一直嘟噜着嘴，涨红着一张脸。我走过去，她抬起头，说，铅笔忘带了。

孟老师依旧在黑板前写字，偶尔两个村童不知聊什么，在座位上麻雀似叽叽喳喳，声音实在太大了，老师回头，从眼镜上方飞出一丝严厉神色，"莫闹耶"！

第一排赖德铭的婆婆，背着背篓打门前过，也远远地帮先生呵斥自己的小孙子一声，"莫闹耶"！

孩子们已习惯，并在情感上依赖这个似爷爷，像父母，同时又是校长、老师、厨师、保育员的老先生。片刻安静之后，学前班村童们各自翻开书，开始寻找黑板上的韵母，认真地对应书里的那一页。

一起诵读黑板上的韵母之后，孟老师让学前班的村童，也开始做作业。

小二班的同学继续语文作业，做《名校秘题——课时达标"练"与"测"》上的习题。学前班的同学做数学，在一本名为《学前班数学》的练习册上，做十以内的加减法。

才进校两天的小胡轩，不知所措地坐在座位上。孟老师走过去，执起她的手，一笔一画地教她写字。

第三列最后一排，赖德铭的堂妹——学前班的赖德瑞，这时候突然起身从教室后门往外走，行色匆匆。上课时间她要去哪里？我跟了去。厨房里一把大菜刀，小德瑞操起菜刀，将半支铅笔抵在齐胸高的案板上，开始削笔。

仿佛风能传染什么，不一会，学前班另一个同学覃伦璧也来削铅

学生在学校厨房用菜刀削笔

同学们在学校厨房取暖

笔。学校厨房里的菜刀，原来是孩子们的卷笔刀。

每一堂课课时的长短，老师会视堂课所授内容，以及学生们所吸收的情形而定。这一堂课，上了不到三十分钟。

因为早上去了卢正兴的家，课间，田仁丹同学用异样的眼光瞧我，你去我家吗？她问。

去的。我不假思索地回。

我知道，那一瞬眼前的小女孩在争什么，讨一种"公平"。

孟老师给丹丹爷爷打过电话，课后，我跟她，往学校一旁的山上走。

路难行，这路，似乎超出我的想象。呈六七十度角的坡，没有梯步，也没有多余的石块可以支脚。山坡，是不是被一早的细雨打湿过，光溜溜，无人迹，也无鸟痕。仿佛此地从来不曾通人烟。

能不能等我一下？我在小丹丹身后远远地喊。

S形，几个急坡后，仿佛是在半空中，忽然现出一片田地。那田地似一只方方正正的托盘，托过山顶，呈在天地间。一位白发老媪站在那里。田陌一垄一垄，已被老媪锄得很细。她站在田陌中笑。

丹丹的家，就在这"托盘"的上方，在那高高的山梁上。

穿斗式老屋，四合院。

户牖下，半尺高几尺宽的台阶，环绕天井。台阶，户户相连。邻里，比肩而居。每户人家的门腰上，起着半人高的栅门。

小二班那日的值日生喻朝笔，也住在这院。那时，早一步回家的喻朝笔和她的妈妈，站在古庙一般色泽的半截旧栅门里，会心地朝我笑。

丹丹的爷爷迎出来。四合院里的其他人也闻声走出来。

丹丹的爸爸淹没在邻里中。他有一张俊朗的脸。这位帅气的男子曾自费去山外念过书，重庆一所保安学校。学费不菲，学时三个月。毕业后，他被分配到重庆某小区做物管，月薪六百元。

这份薪水不能奉老，也不能为生。这位俊俏的后生，后来去了广州。在那里，他与同村人如今丹丹的妈妈相遇。婚后，二人一直结伴在外打工。

"在家嘛，一分钱都挣不到。"丹丹的妈妈咯咯笑。

不是有那么多政策性的补贴吗？

丹丹的妈妈，这位90后，与邻里们一起算账给你听。以她家为例——

全家收入：

国家的补贴：退耕还林、粮食直补，全家进账，一年两三千元。

全家五个人的田地，种下的粮食、蔬菜，喂养的猪、鸡，仅自家吃。深山里，没有办法卖出去。

全家支出：

意外保险：每人每年三十元。

医疗保险：每人每年九十元。

"农保"：每人每年一百二十元。

生猪保险：分公猪、母猪，每头十元到十二元不等。

房屋保险：一户一年二十元。

此外，家庭基本用度：电费；每月下山去白沙镇采购生活用品往返一趟，交通费一百元；油盐米费用等；还有娃学前班的学费、在学校的生活费、"人情费"（婚丧乔迁），等等。平均下来，每月支出，不低于一千元。

为了这一笔一笔的家庭支出，这些年，这对年轻人先后去了陕西、广东、河北打工。去年上半年，二人往返于天津与河北，那几个月里，是出门在外的两个年轻人最为焦心的日子，为找工作，二人交通食宿费，就耗去好几千。

翌日二人将去河北，年前还有一点杂活儿，没做完。

因为只有小学文化，这对男子俊美女子芬芳的年轻人，在异乡，他们所能找到的工作，只是建筑工地上的一些粗活。比如，搬运钢筋、木料，工地上搭框架前的第一道工序，名"支木"。

家家都有一本难念的经，对面的喻朝笔的妈妈，也过来念了一会她家的"经"。

喻朝笔的爸爸这些年一直在贵阳打工，喻朝笔的哥哥眼下在山下的白沙镇上念初三，明年，喻朝笔小学三年级了，又得下山去了……

这是一座曾经何等气派，又气息婉约的老院，雕梁、花窗、青瓦如鳞起伏。这座院落里，曾经，会不会，也有着别样的文明？血缘小社会，长对幼，拥有强制力，话语权；每家每户，藏着斑驳家谱；只向土地讨生活的光阴里，某位白髯飘飘长老杖下，成为山里人，说理的去处……

院子，是旧时一户财主家的，后来分给了穷苦人。这里比邻而居住着七户"街坊"。问起健在的几位老人，也都面面相觑，仿佛已说不清这小小院子的院落史。

两只公鸡在一旁打架，一只母鸡带着一群鸡雏，静静啄食。花花绿绿的艳丽的衣服，沿屋檐挂了整整一廊。

山里来了人，四合院里，一如过节。

丹丹的爷爷奶奶端出各种豆豆果果，邻居围在他家的火龙坑旁烤火。从前——后生们外出打工之前，这老院，三十多口人，杀头年猪，邻里得坐上满满两席。如今，这里只剩下：六位老人、两名妇女、四名学生娃。当然，还有一名脚不出户的"残疾人"。

那位相貌清秀的"残疾人"，那日也出来与大家合影。关于他的事，村里有两种说法。一是说，在赴新疆打工的列车上，他坐过车站了，一急，傻了；另一说，是那日在列车上太闷，从大山里出去的娃单纯，一时受不了，疯了。

谜底到底是什么，或许永远成谜。

车祸

那天，是不是孟老师中午在村主任家小酌了几口，下午上课，老先生见我对着那张"课程表"出神。他突然咕哝了一声："我都已经退休的人了……随便你怎么写……"

话音轻微，轻如孩子们课间相互追逐时，微尘被无声地带起。

按"课程表"，这一堂课，应该是"体育与健康"。老先生临时"调课"了。后来知道，并非调课，"一师一校"的老师，差不多都不会按"课程表"授课。"课程表"是应对上级检查用的。一般情况下，老师只教授语文和数学两门课。

天遥地远，这所村小，也不例外。

"课程表"形同虚设，一个山外人的眼神，深深刺痛了为了山村教育付出了一世心血的老人。

……

上 学

先生教书育人四十四载,历年的"会考",他的学生成绩名列前茅。四年前,先生已然退休,他是不肯留下来的,但若他不留,村里的娃们又将去哪里念书?没有年轻的老师愿意来,于是老先生被返聘回来了。

当年,老先生的父亲一斗米、一斤盐、一斤烟叶充学费,去他家后面高高的山顶念私塾,念了两年书,他爹算是乡里远近闻名的文化人了。老先生毕业于本乡的乡中,后来又自考了成人高中,他能留在这里,在水鼓坝村人看来,这已是山里的福报了。

那晚在村主任家里,村主任举着一盏酒:"我替娃们谢谢您!"

村主任的女儿在广州打工,儿子在白沙镇上念初中。为了儿子读书,他年过七旬的老父,那患有严重类风湿病的父亲,如今仍在镇上给家里的学生当"陪读"。

从前在镇上租房住,后来去亲戚家暂住。前年,他一咬牙在镇上买了一套房。那房,至今让他背债。

村主任的妻子,是这个山村,极少有,很幸运能念完乡中的女子。为了当年自己的一对儿女也能念好书,村主任不便出门,一介巾帼,她差不多每一年都会远赴新疆打工一阵。

在新疆,她摘完棉花,挖甘草。

挖甘草,是比摘棉花更为辛苦的活儿。

甘草,生长在灼人的戈壁滩上,紫色的碎花摇曳在热浪里。半人高的这种植物,采药人只取它的根和茎。采好药材,药材商当天会来人过秤。每市斤八毛钱。

这一处挖完了,拔营,踩点,再扎寨。

扎寨,水源很重要。新疆燥热,清晨背一瓶凉水,中午就烫嘴。一条湿毛巾搭在肩头,十几分钟就干掉。

沙漠里掘井，挖至几米深，地下水会汩汩涌来。这时，四周扎桩。木桩外，得固一圈沙袋。沙漠里，人去取水，被沙漠吞没的事，发生过。

那一夜，这女子至今记得，沙尘暴来了，新扎的营，支篷布的一根大木头掉下来了，差点要了她的命。

回到大山里，这位浓发的媳妇也不会闲着。采笋子，拾栗子，捡山核桃，挖淫羊藿，采野天麻。还有，自家地里种的，家里养的，所有东西，吃不完用不着的，她都会兑成钱。

在家里，她还开了一间"关门店"。那屋子，很寻常的开着关着，她去地里干活，有人唤，她就回来取给人家。那些几元一双的军用胶鞋，还有杀虫剂、化肥、糖果、洗衣粉等，都是她每次下山看儿子时，一点点捎带上来的。

山里的苦，这女子是经历过的。那年，她怀上了，要去做引产，六十元钱的手术费，就是借不来。兴许，住在乡上的姐姐能够帮到自己？那日，她步行四个多小时去了。手术做完，在姐姐家养了几日，她又独自走了回来。

就在她曾经忍痛步行回来的那条山路的不远处，后来发生过两起严重"校车"事件。其中一起，与她家有关。

周末了，揽客的货车司机在白沙镇上吆喝着让学生们上车。去曹家乡的，去水鼓坝一线沿途的学生娃，就上去了，结果，车翻入了山谷。

车上，死亡的二人中，那个男孩，就是村主任的亲外甥。那孩子成绩特别优异，全家人指望他，能让这个家族里出一个大学生。

车坠入谷中的刹那，村主任妻子慕先群那晚讲，那孩子本能地大喊一声：

妈——！

那学生所唤的"妈"，水鼓坝村村主任王世辊的姐姐，从此再也没有回过大山里。至今，仍在遥远的异乡打工。

理想

4月8日，星期三，清晨近九点。这个时候，空山里，依那张"课程表"，水鼓坝村村小的孩子们，应该正在准备上第一堂课，语文课。不知三岁的小胡轩，今天是否又会因肚子痛，让婆婆来请假？小仁丹的铅笔带了吗？放牛回来的覃伦彩，是否天不亮又早早到校了？

我不知道，同一片天空下，同龄的城里的孩子们，此时在做什么。那个清晨，我往我家附近的一所小学方向走。

电话里联系过的学校的教导主任来接我。她穿着好看的风衣，红唇皓齿，站在双层的不锈钢收缩栅栏里。

学校紧临杜甫草堂，这所与教书育人有渊源的学校里，学生们正在操场上做早操，"杜氏操"。这是学校自创的一种体操。杜甫脍炙人口的几首诗，被编入体操，学生们一边吟诵，一边健体。

国旗在操场上空猎猎飘扬。

第一堂课，这里，成都市草堂小学二年级二班，也是语文课。

我坐在二班教室里，最后一排一个空位上。距离九点半上课，还有五分钟。孩子们趴在各自的桌上静息。两名老师助理模样的小同学，开始检查同学们桌上的书本等课前准备情况。课代表开始领诵，诵课本里曾学过的诗，他报诗名，同学们开始齐诵。

这一堂课，老师教授新课《小山羊和小灰兔》。

老师戴着耳麦站在讲台上。

黑板向两边滑开，一张电子屏幕露出来。多媒体的影像，投影到电子屏幕上。小树，小草丛中，一只小山羊、一只小灰兔目光如炬。

课文，被一段一段截屏下来。

老师让孩子们集体诵读。然后，孩子们被老师分成男子女子两个"兵团"，一方扮小山羊，另一方扮小灰兔。一问一答，共同演绎这个关于"诚信"的故事。

有一阵，一个小女孩被抽起来，她表演小山羊因小灰兔失约而失落的神情，她在走廊上沮丧地转，孩子们可开心了，嘎嘎地笑，课堂被推向高潮。

那晚，我去了这个班上一个小女孩卢怡霏的家。

下午放学时分，小怡霏与班里的十来个同学，被举着某某托管中心引导牌的一家助学机构，接到中心。学校附近某小区内，一套三居室的公寓里，每间房，为一间教室。每间教室有大学毕业的老师，指点学生完成家庭作业。

老师根据学校那日的"家校联系本"，开始引导孩子用功。

那日语文课后作业不多，幼儿师范毕业的姜老师开始指导孩子听读英语，然后完成数学作业，最后是语文作业。

近六点，怡霏在托管中心用过晚餐，她的妈妈在窗外招呼她。

怡霏的家，在距离学校有一段路的一幢高楼里。家里没有电视，客厅里，两张工桌台，一张是她爸爸的，另一张是她妈妈的。

一进屋，她跑进琴房去弹钢琴。五张乐谱，她安安静静地弹。这是她每天回家的功课。

每一天，每一周，小怡霏的生活，被她自己安排得有条不紊。

她的妈妈是一个有好习惯的人。她会提前规划一整年，甚至到某一月、某一周要完成的事。是不是，受母亲影响，小怡霏的每周每日，也被自己安排得满满当当。

每晨七点起床，换下身上的睡衣，叠在枕旁，穿上枕旁头晚备好的衣衫。八点半前，妈妈开车送她到校。晚上九点，休息前，将床下的一篮子玩偶，一一罩上布头，上床睡觉。

每周一、周五晚上休息。每周二和周四晚，学习泡泡英语；每周三晚学钢琴；每周六学画画；每周日学舞蹈。

八岁的小怡霏，学习舞蹈已三年，她的梦想，是当一名舞蹈家。她跟我说，考级，她不想一级一级地考，她想一次性考舞蹈七级。

那晚，我们坐在她的小房间的木地板上玩，她端出一篮子会唱歌的小鸟给我看。每一只鸟，羽翼斑斓，它们会唱不同的动听的歌。

那一刻，我想起，同样姓卢，水鼓坝村村小卢正兴小朋友，想起了他的那一枚在上学的山路上"游"的，指甲般大小的小鱼。

美丽的小怡霏说，有时候，她会伏在自己的床头，看星空。睡不着，有时，她会坐在飘窗上看对面的楼宇，看看哪一户人家还没有合上窗帘，看看他家的装饰是什么样的。

水鼓坝村村小的几个小女孩曾经给我讲，有一次，她们头晚都做梦了，她们同时梦见了蛇，蛇在树梢头，在山路上。我问她们，是不是，你们拼命逃，跑不动，手脚附着不了力？她们天真地点头。

小怡霏还有一个小本子，那是她的个人账簿，所得压岁钱，帮妈妈洗碗挣来的钱，一笔一笔都记上，然后用于自己的个人日常开支。妈妈的生日礼物，一些爱心活动，那些会唱歌的小鸟，就由此处支出。

我知道，生硬的类比，没有价值，不具意义。但不知为何，我又总会，情不自禁地去反复对比。

那日，坐在成都市草堂小学的教室里，我翻开同桌的小同学李思源的课本，我看见，城乡两地孩子用的教材，不一样。城里孩子选用的教材是北师大版，内容要深广许多。我发现，城里孩子的课程表里，除了语文、数学、美术、音乐、阅读、品德与生活、体育等等，还多了一门课，英语。

……
我是第三日午后，离开水鼓坝村的。

夜里一场雨，司机王仕楼，用防滑铁链挂在两只后车轮上，车子一进一退，链子爬上车轮。他半伏在地上，用螺丝刀将链条吃紧。

听说一早，王师傅刚送走了这个村，远赴福建打工的胡永安一家四口。胡永安是水鼓坝村一组的组长，他的女儿女婿，加上他，还有他四岁的小孙女，一起离开的。

胡永安所在的那个一组，从前上百人，据说，村民快走光了。胡永安的小孙女，也许此去，也会在福建念书。

几个学生娃在山路边玩，看见我乘坐的车开过来，在日记《我的理想》中写下"想当一名军人，保卫祖国"的男孩卢正兴，他，还有几个小孩从小学方向疾奔而来。蓝天下，他们远远地奔跑着，咫尺之处，他们，又戛然止步。

小镇

小　镇

　　执掌香积（厨事）的居士石光碧，着褐色海青，持法器，立在殿内的大木鱼前。

　　寺庙的师父背朝山门。师父诵经，间或击一下大磬、引磬、小鼓和铃。

　　殿下，四张晒席大小的天井，延至山门，山门于空蒙的晨曦中，半掩。

　　山门外的老街，一时还未醒来。或许，醒来与沉睡，于这条不知寿数的老街，其实区别不大。

　　这条老街，曾经，商贾如云，人流如织。从中原入蜀，或者从蜀赴汉中，这里是古蜀道上的其中一条，是歇脚处。历史长河中，也是当年的防御要冲。

　　传说，最早，有王族于此过，于是后来有了这庙。建庙时，门前院后广植柏树。后来，有客商于此歇脚，于是山谷里，有了这条石板嵌成的小街。

　　小街上，深谷里土地上的人们来此安家，他们于此开客栈，卖饮食。除了田地之外，他们开始在这里"讨"生活，过日子。于是有了"镇"。

　　伫立老街中段的一座古戏楼——魁星楼，那座小小的古寺——广善寺，以及寺庙门前的那株老柏树下，曾经密密匝匝挤满了人，拥满了客。

　　没人说得清，具体是从哪一年哪一日开始，这街繁华不再。

柏林沟老街

近五百米长的老街两侧，往昔住着三十七户人家，如今仅余约十户。

一条空街、一株老树、一幢戏楼、一座古庙，成为山外人给这里的简笔画。四川广元昭化区的柏林沟镇，这条仿佛远离时间的空街上，那些住在古老的小青瓦、泥屋或者木屋里的十余位老人，三两后人伴他们住在这里，他们一同住在老街上，守着自家名下的那一间或者一排老屋，仿佛也是在守着一桩心事。

那日晨，寺庙的山门被轻轻推开。

诵经的师父并未转身，她问，有事吗？

来人罗光珍不答，她只失神地往殿前走。一条小狗跟在她身后，小狗跟至山门前，止步。她回头叮嘱："华儿，回去，回去！"

这位六十三岁，家住老街上的老婶子，满面戚容。她在蒲团上跪下，顶礼。

那一日，我再见到光珍婶子时，是当日的午后。

满眼忧戚的这位农家主妇，站在自家足有十来米高的瓦屋顶上"示威"，有人伸过去一架长梯，她风筝一般，躬身在单薄摇晃的竹梯上飘荡，往下行……

梯下的人，敛气屏息。

两厘"林权"

头一天，光珍婶子已来过寺院。

1971年，十八岁的光珍从邻近的清水乡嫁来柏林沟，那时节，一切归集体所有。每户人家无田，无地，那时也没有"林权"这一说。连牲口耕牛，作为"大型生产工具"，也是集体才能拥有的。

因为一切没有，倒也省心。

夫家住柏林镇老街上，他是军人。完婚之后，夫回了部队。光珍与夫家的哥哥嫂子，还有老父亲，一起生活。

那时她家很穷，穷到让她怕。家里每人每半年，队里会按收成分口粮。谷子约五十斤。她来这里那一年，她家四个大人，加上哥家的一个小孩，全家人共分得的口粮，不到二百五十斤。隔年，又逢着嫂子生第二个孩子，她永远记得，家里口粮吃完了，全家人去坡上采野菜，苦麻菜和刺芥子。大人吃不饱，孩子哪来奶水吃？

那时的老街上，家家有人，户户有声。但那时老街人不事商业。政策不允许。下地劳动，为一线；为队里看猪看牛，为二线。一线挣全工分，街坊邻里，都以上一线为荣。

一直在一线干活的她，嫁到柏林沟的那年，当了大队的副大队长，同时，当生产队的妇女队长。因为穷过，又是干部，她比任何时候，更加勤勉。

来柏林沟的第三个年头，她做母亲了。按乡俗，这个大家庭应该分家了。

那日是清晨分的家，光珍一家，共分得麦子一升，米两碗。

中午，光珍丈夫留舅舅在家吃饭，两碗米，几个人吃了个半饱，而晚餐，除了一点杂粮，全家已是粒米无存。

娘家在三十里地外，丈夫陪她连夜赶回娘家。娘往她的肩头放上了二升谷子。去时，河上还有渡船，回来时，河上只余一河星斗。清冷的柏林河，光珍的丈夫脱下衣裤游过河，划回船，再来渡她。

夫妻坐在船上，他们远远听见，老街上不知谁家的公鸡，咕咕打鸣。

……

烦恼，发端于 1981 年。

光珍家与别家一样，青瓦，泥墙，屋内地无三尺平。不同的是，她家住街尾。她家的家门，不向街，面朝一旁的柏林河。

那时候，河滩上建有乡里的学堂。从小学一年级到中学三年级的一所学堂。

从她家门前到学校校门，不足百步。那是光珍一生最辛苦的时光。

丈夫复员后在广元工作。每天清晨，光珍给三个孩子每人发一根柴，一盅米，孩子们带着这些去上学去，然后她下地。每个夜里，她挑灯女红，自己家人的东西缝缝补补，邻居谁家托她做一双"老鞋"什么的，她也一一应承。

家里孩子太小，家门离河岸太近了，为了孩子们的安全，那一年，她请人封了面河的老门，改门老街上。

这一改，一桩心事也随之改来。

老门处，门外右边几米处，是街坊老李家，那凸出而建的半间屋的后墙。李家墙与光珍家墙二墙形成的垂直半开半合地带，约两厘地的地方，从前，是光珍家门前的院坝。改门后，光珍曾于此建起鸡舍，后来鸡舍塌了，那地儿，长时空着。

1984 年，老李家的人与她商议，他家从前加工玉米麦子的那盘大磨，已退出历史舞台，李家想借地放一放。

光珍同意了。这一放，转瞬三十年。

此间，光珍曾催促过，李家一时有难处，光珍一时不急于用地，事也就搁置。直到这一次，事态逆转，光珍傻了。

自改门后，光珍家旧时的"门前"，成了老李家的"屋后"。这乡里有老规矩，房产，"屋前有的（地），屋后就有"。老李家拿出了 20 世纪

60年代，一张由当时广元县人民委员会印发的房屋"契本"，证明光珍隔壁那半间老屋，属李家房产。那么，按老规矩，存放磨盘的那两厘地，也理当归属李家。

2015年春，光珍患绝症的丈夫离世，光珍泪已流干。这个初夏，本就讷言寡语的她，不再说话了。

老街，就这么几户街坊，老李家的户主李迎春，是这条老街上的最年长者。八十六岁，当过兵，参加抗美援朝，保家卫国上过战场。曾经，还做过这个队的生产队长。老队长颤颤巍巍拄着杖坐在那盘直径约两米的大石磨上，他分明是在，坐给光珍看。

庙，是人们"说理"说心事的地方，对于这个镇里的老人，如今仍旧是。

光珍去的镇头的这座千年古庙，那年修复这庙时，她曾随信众一道去广元请师父。后来，又一起为建庙化粮、化米、化钱。她相信，老天有眼。

……

近半个世纪以来，柏林沟里的这条老街，从来没有如今天这般令人瞩目过。

深藏秦巴山脉深处的这条山沟，《广元县志》载："先祖（刘备）留中郎将霍峻守葭萌，蜀定后，废葭萌迁东山下更名汉寿。葭萌县东汉时属益州广汉郡，今四川保宁府昭化县东南，即广元柏龙堡，柏林驿，是为葭萌故地。"

古葭萌县的所在地，"柏龙堡""柏林驿"，正是今天的柏林沟。

一千多年过去了，历经时光冲刷战乱凌迟，后来又遭遇"文革"，近半个世纪以来，省道、国道，相继而通，老街，仿佛一位解甲归来的将领，坐念田地，封存了时光。

这故径，是去年被忽然唤醒的。

柏林沟镇被列为省级第二批"百镇建设试点地"。一项"休闲旅游产业园"的计划于当年底，正式启动。

按照规划，以保护老街和古庙为前提，这里将打造湿地公园。即以古镇为中心，在古镇外的规划区域，种樱花、植茶树。

老街，将要重现昔日"繁华"。

保护性开发并发展古镇经济，本是好事，问题在于，这意味着，几乎与世隔绝的老街人，他们在失去了与现代文明同步的一段光阴之后，又将失去另一样东西，土地。

他们的土地，被通知"土地流转"，征作项目用。

每一亩地，每年补贴六百元。

光珍一家与老街人一样，都是去年收割完最后一茬粮食后接到通知的。不能再种来年的庄稼了，他们的农田，将被征用，建樱花园。

像光珍一样的老人，算过一笔账。如果一年种两季，一季水稻、一季小麦，再加上田间地头种的黄豆、土豆、玉米、蔬菜等"脚粮"，水稻亩产约一千斤，按照市价，每市斤谷子一块二毛五；小麦亩产约八百斤，每市斤小麦一块二计；再加上"脚粮"收成，除去种子、肥料等成本费，每亩地，一年收成，近两千元。

光珍家共三亩八分地，也就是说，如光珍一家一样的老街人，他们每年会失去不错的土地收成，而依靠每年"土地流转"的总共两千多元收入度日。

光珍的儿女们都曾在大城市里打过工，全家人合计了一下，决定在家里做农家菜。家常便饭，迎迓游客。

樱花园初具规模，今年春天里，这里曾热闹过好一阵。开饭馆，光珍在外打工的孩子们回到了自己的身边。一家人团聚在一起，这让她很开心。

项目在有序推进中,"樱花节"之后到如今,每个周末,老街下的柏林河上,不时会有城里人来垂钓。光珍家的饭菜,是做给他们吃的。

老泥屋有些暗,家里,也没有一处水泥的平坦地。光珍家的孩子们,于是建议,在门前不远处的坝子上,搭一座凉亭。

这凉亭花销不少,仅材料费,加上几天的人工费,近万元。椽已上了梁,柱已上了墩,这时,光珍家"忽然"接到通知,凉亭属违章建筑,会影响招商。必须拆!

规划区域内禁止乱搭乱建,光珍其实是知道的。告示,去年底就张贴出来了。光珍毕竟是明事理的人,可亭子又往哪里拆呢?

给丈夫治病,债台高筑,她家卖掉了猪、牛,还有儿子打工挣钱买来的跑运输的一辆汽车。建凉亭的钱,东拼西凑而来。她再次想到了,当年借给老李家,存放那石磨的二厘地。

光珍出示了1983年,由广元县人民政府增发的"社员自栽自有树(竹)木所有证",即山里人称的"林权证",给前来拆房的人看。证上,"房前屋后植树范围及界线"一栏,写着——

前:街心

后:自己自留地为界

左:学校房檐

右:郑某某家房檐

那二厘地,正好在光珍家的老门前,与学校的房檐之间。

……

这条老街的中央,古戏楼魁星楼前,有一方由六百多位乡绅与乡人捐修的"乡约"碑。伫立路旁一百多年的这石碑上，镌刻着规范乡人行为的"乡约"。

1929年出生的李迎春老人，当年，是有缘清清楚楚看清石碑上那些文字的。光珍家要被拆亭子的这些日子里，有人试图去与迎春老人沟通，后来人们发现，老人的思维永远定格在"乡约"时代，出不来了。除此之外，他还有记忆的，是抗美援朝。无论你跟他说什么，老人总一个劲讲抗美援朝，讲自己上战场时的那些无边往事。

我是在魁星楼下，远远地看见房顶上的光珍婶子的。那时，迎春老人会不会正坐在光珍屋旁，那盘巨大的石磨上？

屋顶上，光珍婶子站着，脸别过去，望着柏林河。许是高空让她怕了，后来她蹲下身子来。

她是在以这种方式，与老"乡约"分庭抗礼。

如果光珍婶子别向这一边，她会看见古镇最高的建筑，魁星楼，这戏楼前不远处，是"国军"、红军，后来各种民团，各种组织，戳了又刻，刻了又戳的一块"乡约"碑。

碑上，一行字清晰可辨：

"禁妇女告状"……

赶场

老街成为文物保护区域之后，逢场日，乡里的集市，从昔年的老街，移到了老街口外新街丁字路口旁。

一早，出庙门，集市的人不多。丁字路口的沿途，农家女子、老妇还有老翁，卖蔬菜和豆腐的在一隅，卖种子秧苗的在一隅，卖篾货的篾匠、补鞋子的补鞋匠等等，又聚集在路口的另一隅。

这一天，老街所在的向阳村，这个村庄另一个村民小组十组，1928年出生的张大纯张婆婆也来赶场了。这是八十七岁的张婆婆今年第一次下山。她来买菜种。

到集市后，她先去一家凉面店喝粥，然后踅足回来赶场。

她没有在逢场天才摆摊的地摊前停留，径直去了寺庙后，她常年买种子的那家铺子。石台上，商家展开一应菜秧和种子。她问了问辣椒秧的价，四元一手，一手二十来苗，她买了两手辣椒秧。然后，又买了一些别的青菜种。一应的东西，往身后的双肩的牛仔包里放。包是儿子在城里给她买的。一件新夹衣，一顶紫色针织帽。那牛仔包，让老人显得特神气。

这天，老人是七点出门的。搭乘摩托车，她夹坐在司机与自己兄弟媳妇之间。车费每人十元钱，是兄弟媳妇请她的。

年轻时的她走路下山，一个单边，一个小时多一点。现在老人走不动了。

张婆婆一生育有四子二女，四个儿子远在外地做官或打工，二女远嫁他乡。十八年前老伴走了，如今，张婆婆独自居住在高高的谭家坪上。那梁上，从前居住着五六十人，如今，整匹山峦，稀稀拉拉，不足十人。

无牙，笑起来，面目核桃壳似皱成一团，那日于寺庙大殿前的案前，张婆婆给我讲述她的山居生活。

家里，三间正房，两间环房。房前屋后，出门就是自己的田和地。

每晨六点起床，扫地，煮饭。早餐为玉米面，加酸菜，再加点地里的蔬菜，一点辣椒，一点盐。每顿能吃一大碗。

早饭后，地里除草。往年，上午会上山采药，金钱草、金银花等。

一年几百元收成。今年腿脚不行了,老了。

午后,会睡上一会。下午,坐在屋前,看看菜地,看看有没有行人通过。与行人说会儿话。晚上,早早上床……

有睡不着的时候吗？我问。

老人抿嘴笑。

那回,六月间吃了冷腊肉,拉肚子,人滚在地上,发冷,站不起来了,一晚上发高烧,睡不着……

老人的几个儿女,其实个个孝顺。长子,是公务员,已退休。二儿,三儿,四儿,在城里打工。在陕西打工的四儿子,闺女都上大学了。

老人的老五老六是女儿,一个安家广元,一个落户广州。

为何不去城里呢？

老人列下几大理由：

饭吃不惯。城里的饭,电饭煲煮,一把能撒过河(饭硬),不比山里的柴火烧的饭香。

城里空气不好。

楼房,出门没地方去,到处是人。

出租屋,房子小。

"还有……",老人犹豫了片刻,她在思量要不要讲。

她(某儿媳),看不起我这个乡下人。你吃饭吧,她给您往碗里夹菜,不让你自己挑。你洗脸吧,说你毛巾没有清干净。你上个卫生间,又嫌你厕所没有冲干净。

1951年"土改"时当过妇女主任的张大纯婆婆,心里有数。最重要的是,其实,这个大字不识几个的老人,她的心,不愿离开这田这地。

大山里,二十三岁的她生长子那一年,政府在老街头不远处召开宣判大会。她通知完社员后，自己抱着孩子从谭家坪往山下赶。被宣判的人，是恶霸地主谭玉斗（音）。会场上，人山人海。她才走到场口，远远地，就听到一声枪响。那一瞬，一屁股坐在地上，怀里的孩子开始哭。

"谭玉斗最多算个富农……"，半个多世纪后的今天，老人拉长脸说，"人给枪毙了，保他的人才赶到庙门口，说是枪毙错了。"

关于谭玉斗，编著《柏林沟文化志》的乡小退休老师舒天元，这个于这个古老乡村担当着旧时"乡绅""长老"角色的老先生，在一旁纠正她，那人该杀，他虽然热心教育，在乡里办学堂，还是柏龙堡国民小学的校长，但是，他曾经宣判了一个"流落红军"的死刑。

《柏林沟文化志》中，有这样一段记载："红军两度进入，又很快撤离。就在这一个短暂的时间内，柏林沟就有近五百人参加苏维埃政权的建设，为征粮、扩红奔走，一百多人参加了举世闻名的万里长征。"

谭玉斗匿于深山，据说人都逃到陕西了，被抓回来给枪毙了。谭家的儿子也被枪决。

……

家住梁上的张婆婆家里，那日，正房门前的走廊下，堆着一廊豌豆秆。从地里收来，半干半黄的豆角，还没有来得及剥。

老人患有脑血管硬化、腰椎间盘突出等多种老年病，但她脚力仍不弱。她带着舒老先生上她家那没有扶手的梯子，到二楼看看。我于一楼，在那堆豆秆旁坐着。院坝下的她家的地里，油菜熟了，绿油油一片。豇豆、四季豆藤上架了。玉米，冬瓜、南瓜、黄瓜及其他的蔬菜，吐着薄青厚绿。蓄种的几株大葱，满天星碎花似的几茎"绣球"，从坎下探出童花般的脸。

一只小鸟，孤孤单单伫立在不远处一根空空荡荡的电线上。

我的身旁，那一地豆秆子间，被骄阳炙烤着的地方，那些豆荚发出清脆的爆壳声。啵啵——啵啵。

无人之境，仿佛风狂雨横，最初报信的几滴。

黄昏田的消失

大山的遮蔽，你远眺的目光，总会在瞬间之下，又被反弹回来。

记不得谁说跟我说过这话。家住老街20号的王春华的丈夫冯建波，是不是，当年也是被这恐惧所慑，年轻的他毅然决然，决定要走出大山。

1986年，建波赴广元打工，一家百货站的维修工。他一做十年。在那里，薪水从最初的每月十八元，做到后来的二百多元。

百货站倒闭后，这个手艺人又将自己人生的第二个"十年"，放到了广元的一家民营家具厂。家具厂生产市面上最常见的那种雕花凉椅。单人座、双人座、三人座为一组的那一种。凉椅由机器生产，手艺人负责椅背雕花的打磨。

春华是1995年，带着两个学龄孩子动身赴广元的。她要让孩子去城里上学念书，受好的教育。

出发前，乡亲何桂华的丈夫找上门来。当年"包产到户"，分下户的牛，由三家共同拥有。王春华、何桂华，还有另一户村民。

知道春华的打算，何桂华的丈夫郭大义那日来问，能不能把你家的地，借给我家种？

何桂华一家住柏林河的对岸。老街上春华一家的共六分"黄昏田"和"田头地",刚好在何桂华家那坡上。那田,梯田一样,上下各一大块。两块田都当阳,只是,都不怎么关得住水。

邻居赵妈一旁插话,让他种呗,土地,他还能一口给你吃了?

在外打工的人,并没有如他们所愿。家具厂干过之后,念书的孩子也毕业了,建波和春华又去了北京、河北、长春等地打工。

人渐老,倦鸟思家。

漂泊二十多年,年过半百的春华与丈夫,2010年回到柏林沟。他们离开故土期间的1999年,村民的土地,进行了全国性的第二次承包登记。

1984年,山里进行了首轮土地承包,即推行以家庭为单位的农业生产责任制。集体的土地承包下户,承包使用年限,从当年1984年到2000年。那年的承包,王春华夫家的"广元土地承包使用证"上,"长期承包地"一页,明白无误写着,他家承包土地,共2.87亩。其中:

地名	田地名称	面积
新建	黄昏田	0.42亩
科马子	大田	1.00亩
石果嘴	秧母田	0.20亩
新建	石骨田二丘	0.20亩
场后头	包包地	0.30亩
五星	水淹地	0.15亩
五星	黄昏田	0.40亩
五星	田头地	0.20亩

冯建波、王春华家的土地并不多，因为建波的父亲从部队复员后成为非农业户口，后来他的母亲也享受了"农转非"（非农业户口）。非农业人口没有土地。

回家次日，春华去镇上吃酒。此前的头一天，她已从邻居那里拿到了帮她家代领的新"土地证"。当时她就发现，自家在"五星"那地方的"黄昏地"和"田头地"，不见了。席上，何桂华也来了。春华问桂华，这是咋回事？

都是老实妇道人，两人对视了一眼，桂华说："还你就是。"

如果有一点点常识，那时就开始厘清关系，后面的事，会不会，不至于闹上法庭。因为那时，土地的属性，相对单纯。

这期间，春华再一次想要出门打工，而桂华，依旧在土地上劳作。满山满谷地种地。日出而作，日落而息。

春华最终没有出门。再次远足的是春华的丈夫，在银川打工，大病而归。

去年，她去找桂华要土地。桂华从梦中醒来一般，她忽然拿出了新的本本——"中华人民共和国农村土地承包经营权证"。证上，春华家从前"五星"那地方的"黄昏地"和"田头地"，更名"黄泥地一组"，共半亩，即五分地，赫然出现在了桂华家的大红本本上。

大红本本，2005年颁发。登记时间，为1999年。四川省人民政府印制。

桂华丈夫去世，借地时的证人邻居赵妈，也走了。死无对证。从前队上的那些领导，春华上门去找，个个回避。再找到桂华，春华需要知道当时这事的具体经办人是谁。桂华告诉她："我永远不会告诉你。"

那些日子，某一天，王春华一口气堵着，脸发紫，差点背过气去。

去年初秋的某一天，趁丈夫去樱花园干活，春华操一柄镰刀，去从前自家的黄昏地里除草。当时，桂华正在黄昏地上面一块地里砍玉米秆子，春华在下面一块地里除草。桂华上前制止，三言两语，二人扭成一团。

桂华被春华的镰把撞出了鼻血，满身是血的桂华双手封住春华的领口，把她往镇政府拉。那一次，两人都住了医院，两位勤劳的妇女，都受伤不轻。

去年11月，经柏林镇人民调解委员会调解，一份"调解终结意见书"送达她们手中。

因该土地现"确权"在何桂华名下，经本调解委员会主持双方调解，不能达成一致意见，建议双方："向区农村土地承包仲裁委员会申请仲裁，或者向区法院提起诉讼。"

那日，坐在老街上春华家的门前，春华捧出一个布满尘埃的铁盒，里面是她家历年交的农业税税款的收据。最晚一张，时间为2004年6月。但是，那些新新旧旧破破烂烂的交税凭证，并不能证明，她家所交的，也包含着早就写在别人"土地证"上的那五分地。

旧泪未干，新泪又来。春华红肿着眼："解决不好，我就上北京，我去天安门城楼前说理去。"

古街人终究是善良的古街人。春天里，老街不远处的樱花节剪彩仪式现场，大大小小领导都来了，春华几番走到现场，想想，又回家了。

两个本本，春华对比着，1984年春华家的本本上有八块地，2.87亩。1999年她家的本本上，变成了五块，共0.99亩。这是她如今每天，爱做的事。

这 0.99 亩土地，长田、包包地，共六分多土地，"土地流转"给政府，已种上了樱花。剩下那两块田，河那边一块，河这边，政府边上一块，总共三分多地，春华说，水上不去，准备等几场雨水后，点些黄豆，另一块，种点稻子。

据说桂华是那种，老实得不敢见外人的人。那日，在寺院外的一间超市门前，桂华现在的丈夫姜加国，拿着他家新的大红本本，也来了。

姜加国并不回避那段"借地"的往事，但是，他说他不明白，这么多年了，王春华一家为什么现在才来要土地？土地荒在那里多久了？现在政府要开发这里了，才来要？为什么？她家的人早干什么去了？

"那地，为何到你家名下了？"我望着一手泥土的加国。

"那是他两家从前的事，我不清楚。"

从姜加国大哥递过来的那本"中华人民共和国农村土地承包经营权证"上，我注意到"注意事项"中的第七条："承包方全家迁入该区的市，并转为非农业户口的；或者承包方提出书面申请，自愿放弃全部承包土地的，应当将农村土地承包经营权证交回。"

我所关心的问题是，队里，当年并未收到春华家的"书面申请"自愿放弃承包，而春华家的那五分地，就怎么被再"分配"了呢？

春华夫妻人走了，可是她家的老人还在，土地是庄稼人最具安全感的"财产"，其间，队里有没有想过，这事应当给当事人知会一声。

两亿多中国农民工，漂泊他乡，这样的情况，不知，还有没有？

庙里

那夜，我回寺庙晚了，我在厨房里做面条。居士石光碧于一旁刷锅。灶台上有两口生铁锅，她用铲子在其中一口锅里铲锅垢。锅里，发出刺耳的铁器摩擦声。

她呢哝，庙子里的锅，没使猪油炙过，收拾不出来啰……

我没有来到这里时，无人的夜晚，独自留守乡下的这位母亲，她会与谁呢哝呢？

每一天，光碧的时间，这样度过。

清晨四点庙里开静，她起床，打板，开山门，起香。然后，师父起床后，师徒二人，开始上殿诵经，上早课。

早餐后，她去镇上的卫生院做保洁。打扫一到三层的卫生。中午回寺庙与师父一起用斋。午后休息，整个下午，她会在寺院做工。打柴，种地，做卫生，洗洗晒晒。

下午五点是晚课时间，师徒二人上晚课。药食（晚餐）过后，差不多九点，止静。她负责关上山门。

光碧住在寺庙里的时间，不到半年。师父请她来做伴。此前，她住在镇卫生院提供给她的保洁工宿舍。

再之前，她住深谷里，柏林河对岸，帽盒村二组。在那里，她家里土地不少。门前一方堰塘，塘里养鸭养鹅。塘岸边，一方洗衣石台，当年，两个女儿，还有她的丈夫沾满泥土的衣服，她从旁边的井里汲来一桶桶水洗好后，就晒在一旁，那屋檐下柱头间的细绳上。

那时候，学校在山梁上，娃娃上学步行约十分钟。家门口堰塘前，那一弯路，当年草被牛噬得精光，小路，被人走得溜光。家里的田地，每年收三四百斤菜籽，约三千斤谷子，约一千斤麦子，还有近两千斤玉米。

　　差不多在她四十岁时，她丈夫提出要出门打工。他先后去了北京、上海、天津和浙江，做过烧窑工、电工和缝纫工等。再后来，她的两个女儿也赴了义乌。

　　光碧的丈夫是2007年去世的，骨癌。在浙江打工时发病，回家俩月就走了。

　　独在山里的日子，她把地里活儿看得淡了。看着长大的孩子，自家的，别家的，都走了。乡土社会的标志，就是"面对面社群"里，每一个个体，都是在熟人里长大的。他们已习惯"用脚步声来辨别来者是谁"（费孝通的《乡土中国》）。没有了任何脚步声的乡村里，干完少许的活计后，在很长一段光阴里，她只能一个人独自闷在家里。

　　阴悄悄地一人闷上一会，天黑了，就去睡觉。她家电视机坏了，无心找人修理。

　　去镇卫生院做保洁工后，尤其给师父做伴入住寺庙后，光碧少有回家，后来，干脆不回家了。

　　那个家，屋后的藤，爬上了从前的牛圈顶、猪圈顶。厨房泥垒的灶台，塌了一角。两间卧室，两个女儿一间，她与老伴一间，其中一屋的一面墙，豁出一个口。

　　为防潮，两间房子的窗户，她让它们永远开着。

　　而从前家门前，堰塘前的那一弯被牛噬得精光，被人走得溜光的小路，已被荒草淹没。无路的路上，艾草、苜蓿莽莽。

　　……

　　安单（住宿）寺庙，要离开寺庙的那个午后，吃六十三岁饭的光碧送我。她对我说:"你走了,我会不啥习惯的。"

我把一只从新镇上买来的电水壶,留在了寺里,这样,每天她不必用大铁锅烧水,然后再费事地往热水瓶里灌。

寺庙下的老街,街尾的光珍婶子家,不知那日从房顶上下来之后,那两厘地的纠纷如何了。

光珍的儿子兵娃眼里始终有一幕,那年,他从绵阳一所中专毕业,十几个同学被招工赴上海,列车途经广元,那晚正上夜班的他父请假去车站看他,父亲足足跟着列车跑了半个站台,兵娃和他所有的同学,都哭了。这位父亲的"百日祭",应该快到了吧?

张大纯婆婆的门前,不知今日可有相识的行人经过。

春华与桂华一家那五分地,裁决不下,如今两家都不让种,地,荒在那里。

镇里的"招商"如期举行了吗?若能如愿,像春华丈夫建波一样的向阳村人,不知能不能去那里做工。

古镇的外围,日后成了景区,不知这古镇,还会不会有这古老的时光溯洄般的清静?

舞台上,空净的老街,古蜀道上这曾经的古老驿站,阒寂无声的历史长河,新一轮的追光,仿佛再次将它打亮。

清辉沐罩,老街、古树、寺庙。寺前的那株柏树上,不知为何,我入住那里的几日,几只布谷鸟,彻夜啼鸣。催农事,还是只是更深夜静,有些寂寞。又或者,只是面对忽然而至的一切,替整座老街,吟一些心事。

布谷……布谷……

虫儿飞

2015年6月23日，四川广元昭化区青牛乡小学三年级《农村儿童情况调查》：

农村儿童情况调查表（一）
全班二十二名同学，十二人为留守儿童。
问：你现在跟谁住？
十二名留守儿童答案：
四人答：爷爷、奶奶。
三人答：奶奶。
二人答：爷爷。
一人答：爷爷、奶奶、妹妹。
一人答：爷爷、外婆。
一人答：自己住。

  王建聪从汗涔涔的掌心，蓦地抽出一张牌，果断地掷在课桌上。
  王杰也不假思索地甩出一张。牌面，一只虎，一根棒。棒打虎。一对清澈的眼睛对峙。小王杰的"棒"吃掉了同学王建聪的"虎"。他得意地收起一张牌，仿佛又得一城池。
  牌面，一枚邮票大小。边沿微黄毛糙的那些纸牌，盈满两个儿童的小手。

与纸牌一样"小"的,是手持纸牌的两个小孩以及一旁围观的孩子。小男孩们痴迷地站着,一会儿身体随着视线偏移过去。顷刻,一阵小小骚动。

　　三两个女同学在黑板前,相拥嬉笑。

　　教室的最后一排,靠窗边倒数第二组的座位上,一个小女生端端正正地坐在座位上。她似乎感知,自己正被罩在某种视线中,于是,她将一双手一上一下叠放在课桌上,静息。

　　女孩名艳红。爷爷管她叫燕子。如果燕子此时站起来,你会看见,她比同班同学高出许多。

　　小学三年级,班里同学差不多九岁,燕子十二岁。班里最矮的同学,差不多,只齐燕子的肩高。

　　燕子出生时便永远地失去了母亲,父亲常年在外打工。孤燕似的小女孩的成长,差不多时间,她与孤身的爷爷为伴。

　　一缕刘海垂下来,遮住了她的半张小脸。

　　十二岁的少女,是不是已知害羞,她低头不时抿抿嘴。

　　燕子户籍所在地,四川广元剑阁县樵店乡新房村五组的村民小组长张文宝,那日说:"她家的事,能写一本书。"

一

　　川南攀枝花市一家医院产房,那年,一个女婴出世。三斤来重,一只小兔大。因为难产,第三天,女婴母亲去世。

　　隔日,女婴的父亲颓然站在病房尽头,眼前,死妻的兄长,一位彝族青年,用板车拉着他的彝族妹妹往医院外走。

　　燕子的父亲,广元市那一片逶迤群山深处的剑阁人。那年,去攀枝花一家煤矿做矿工，他与女婴的母亲相识。一个井下挖煤，一个井上拾煤渣。

二人还没有来得及结婚，小生命燕子，匆匆来世。

燕子父亲姓张，张家三兄弟都在外打工。家母早逝，故乡留下老父独自生活。燕子的到来，这位男子唯能求助的，是自己的妹子。

那日妹夫从广元带一只奶瓶来接燕子，嘤嘤哭泣的婴儿，被姑父背在背上往剑阁县走。襁褓中的山村女孩，就这样，开始了她寻常的山村生活。

婴儿时期的燕子，寄养于姑姑家。一岁多时，她开始跟爷爷生活。因为她的姑姑，也要外出做工。

家里没有帮手，六十多岁的老人要照顾孙女，同时，还要打理全家老少户下的五六亩地。

广元剑阁岱岭山下，那个叫张家沟的地方，那时，常常能见到这一幕。张家祖坟前那棵弯弯的大柏树下不远处，一位穿蓑戴笠的老人，躬身除草、施肥、点黄豆。一早一晚，有时老人在捉稻虫。

一两里地外，一排土墙泥屋，是老人的家。那个家，每一间屋房门紧锁，其中一间的屋里，一个女童始终哭泣。抽抽噎噎哭到晨昏颠倒。

偶尔，也有村里人把着门缝往里看，他们看见门里的女童，光着腚，只着上衣，一大碗饭放在矮几上。女童，屎尿都往脸上糊。

哪个娃不是哭着长大的？土地上的人，如今仍爱这么笑。

女孩儿的父亲，那时没有回家，继续在攀枝花采煤。

贫穷。这个男子，日子到底是怎么过的，他至今无心梳理。他似乎也厘不清，那年——小女孩屎尿都往脸上糊的那一个时期，他离开攀枝花后，自己停留在自己打工生涯大书里的哪一章节、哪一段里。

小学肄业。第一次出门去吉林一砖窑推土时，他十五岁。十五岁的少年，说话是不是语速慢吞吞，声音诚实，又显得过分小心翼翼。一如那一日，他在西安的工地，电话里，他的声音不时被风声、铁器叮当声，还有工友的说话声，撕扯得单薄、脆弱。

山西太原打工的那一段，成为始终漂泊在外的张氏几兄弟，打工生涯的华章。

家里的年轻人都过去了，燕子的爷爷也去了。人手还是不够，十多年之后成为这个村庄——新房村五组组长的张文宝，也赶去了。

七八个人，坐着火车往太行山脉方向去。

那一端，在太原的一座小区菜市，张氏兄弟凭着与菜市管理员的同乡关系，已在那里租下摊位。

每日清晨四点起床，一辆人力三轮车，他们去批发下八九百斤的菜。一天里，他们要追赶四个点，去售菜。铆足劲地追，夸父追日一般。

早晨八点前，在一处小区门前售。之后，去租赁的四米长、一米宽那个特好的摊位点上卖。下午四点，转战一个点。晚上八点，剩下的半蔫的菜，他们再带上赶去一个晚集。

每日三四千元的毛利收入，七八个人均分。

那是一家人最快乐的时光。三世同堂。长有长乐，幼有幼欢，燕子的爷爷张子宝的膝下，是一群意气风发又自信充实的骨肉。

1942年出生的老人那时也来了兴致，他让儿女们给他包下了十亩地。城外，北方的沙地，气候燥，一年只能种一季菜。那一季，老人在孩子们的帮助下，种下了大量白菜和韭菜。

如今的村民组长张文宝是那年打完谷子后去的。

1997年，大山深处的人在外面，如果没有那一场偶发的斗殴，这一袭人物的命运将是另外一种。

张文宝、燕子的爷爷、燕子的姑姑三人那日看摊。他家摊前门庭若市，同一菜摊的人，上前理论：你家为何要低价销售？

燕子的三爸正好看见，他以为自己的老父受人欺凌，他本能地，拾起了地上的砖头。

对方头上被缝了三针。燕子的爷爷、燕子的三爸，连同张文宝，在那个北方严寒的冬夜，一同被关在异乡的派出所。

保释费每人两千元。同时他们被取消了菜市的准入资格。

南方的庄稼人在北方讨生活的损失，还远不止这些。

那时，这一大家人租下一处房，十冬腊月，庄稼人担心白菜挨冻，囤下的数百斤大白菜，他们列满炕头。人睡一头，菜睡一头。结果白菜全烂了。

偏那时，燕子的爷爷，老人图省钱省事，不舍得给地里的蔬菜加盖薄膜，天寒地冻，那一季辛苦下来，土地上，也几无收成。

有了太原菜市的历练，燕子的父亲张作国半年后携老父回乡。他第一次开始审视自己的"身份"，家乡有大量的撂荒土地，可不可以做一回市场的源头，做菜市的供应商？

那年春，作国带回了北方那种，个大体圆的黑冬瓜种子。

除了自家田地，他也让同村人种植。他提供种子，并负责回收。

共约十亩地的黑冬瓜，长势喜人，最小的瓜也有十来斤。但此时作国遇到的问题是，此瓜个大，太易伤，须长在架上，可是，支瓜架需要大量资金。

最终，黑冬瓜半成熟，他不得不提前收回了家。他开始四处联系运输，准备将它们用火车运至太原。

其结果，他始料未及。运输的成本远远高于冬瓜收入。

三四千斤的大冬瓜，码在他家里墙沿，因为冬瓜收得过早过嫩，上面的瓜重压在下面的瓜上，下面的瓜，朽了一地。

而田间地头，种植户的瓜田里，在那个河水清流的夏日，更是霉烂如泥。

那时节，还没有燕子。但从那时开始，燕子的父亲张作国再也没做过别的梦。

打工，日复一日地打工，成了外出打工的山里人的一种生活常态。一种生存方式。

农村儿童情况调查表（二）

问：最近一次见到父母在什么时候？

十二名留守儿童答案：

十人答：过年。

一人答：二年级暑假。

一人答：每周星期天。

二

燕子的爷爷张子宝，手艺人，村里有名的铁匠。

一座高堂阔宇的四合院，骑在张家沟的小路上。村里人那时从这院子的一间屋下穿过去，总会回望张氏祠堂的门楣窗户，看那些精致的雕花。这个村庄如今人口二百三十多人，其中四十多人姓张。当年那祠堂的神龛上，供奉着这个村庄张姓人氏们，共同的祖先。

最初的祠堂，除了供奉祭祀祖先外，不知这里，是否也是张氏家族的"法庭"，同时是婚、丧、寿、喜等事务的公共舞台。

族人，违反家规，在此受训。谁家受喜，于此褒扬。这里，那时可曾也是代表某种乡村礼俗、家庭秩序，族内妇女儿童，不许擅入的神圣之地？

如今已消失殆尽的张家大院，那时院里住着七户张氏族人。其中一房的长子张子宝一家，住祠堂隔壁的那两间房。

20世纪60年代，那时的每个夜里，子宝家屋后的小偏屋里，油灯如豆。

子宝会从红红的木炭火塘，钳出一弯铁，放在墩子上，他执手锤，锤一下，他的妻抡二锤，她在他示意的地方，锤一下。整个夜里，叮叮当当——叮叮当当，宛如山中晚唱。

子宝家打出的镰刀、钉耙、弯刀、斧头还有锄头，远近闻名。大集体时代，子宝曾被队里派去"支援"别的队，打农具。那时的他，背着风箱在山中林中走，如飞禽，似小兽，机敏，矫捷。

张家大院四合院那一片屋宇，一如今天张家沟里年轻的后生一样，早已四下散去。

子宝老人的命运拐点，村里老人会说，是拐在那一次修"七一大桥"上。

1971年，乡上修"七一大桥"。往石上錾炮眼，子宝一双手固着钢筋，抡锤人，手起手落，一块铁楔蹦到了他头上。

那一次从医院出来，据说此后，子宝身体大不如前。晚年，老人做事，人们发现他总是有别于人。

譬如种水稻。老人别出心裁，他省略了水田里插秧这一环。直接播种，点玉米似的，往旱田旱地里遍撒谷子。

夏至之后给秧苗打药，乡里人下午打。黄昏出来的害虫，正好受死。而子宝不这么做，他太阳落山后才下田。没人能明白老人的想法。

结果一夜露水稀释，虫子安然无恙。

还有孵小鸡。儿女们挣来的钱汇给他，老人不舍得花。某次，他一下子进了七八百枚蛋。孵床上，一层灰，一层膜，一层水，再加一层膜。膜上放鸡蛋。孵床挖小孔，供油灯加温。孵床须保持接近人体的温度。

不知为何，他家的油灯引燃了孵床，那一次险些毁了老人的整个家。

后来老人打算养猪致富，最终也无果。

再后来，据说老人沉湎于与村庄里的留守老人打纸牌。

子宝不再被人夸耀，他总是失败。受挫时，老人是不是默默合上房门，空对夜？

……

没有人能准确地说得清那时节，子宝老人被发现渐渐有些异样时，小燕子住在哪里。与总是受挫的爷爷生活在一起？去了小女孩父亲后来成家后的别处？还是，在别处，父亲又将远行，她正寄养在他乡的一户邻居家？

村民组长张文宝记得，小燕子是五岁之后，离开爷爷去父亲新家的。

那时期，在另一处乡下，小燕子学会了两件事。第一件，柴火焖饭。米下锅至半成熟，滤起来，四季豆或者豇豆，油盐炒后垫底，半熟的饭盖在菜上，观照着火候，微火"焖"。第二件事，约在第几个年头上呢？每周，她从他乡的学校（念过短暂小一）回来后，她帮着寄养她的那户人家放牛。

"这孩子啥都好，就是不说话！"这是燕子学校老师校长给她的"评语"。

小女孩是从什么时候开始，不爱讲话的？被起早摸黑劳作的爷爷关在堂屋里时，还是在山中一整天一整天看着牛吃草时？

"不说话"的燕子眼睛特别晶亮。那日，学校老师把她从学校接出来，请她来带路，带我去她的家，那个曾经光着腚的小女孩哭得天昏地暗、那个后来因为失忆走失了数月的老人张子宝的老家。

我坐副驾座后。车至村口，我下车时，坐在驾驶座后面的小女孩突然出声：

"小——心——！"

声音很弱很轻。

与之相依为命的爷爷，以及在那个小女孩眼里的世界，是不是总是松动、恍惚的？从小到大，照顾爷爷以及观察周遭变故，是不是，瘦削的小女孩早已成习？

农村儿童情况调查表（三）

问：最担心什么？

十二名留守儿童答案：

一人答：爷爷生病。

一人答：奶奶生病。

一人答：爷爷奶奶离开我。

一人答：爷爷奶奶生病。

一人答：爸爸妈妈打工受伤。

一人答：爸爸妈妈不要我。

一人答：爸爸妈妈不理我。

一人答：爸爸妈妈离婚。

一人答：爸爸妈妈抛气（弃）和离婚。

两人答：我的成绩。

一人答：地球会毁灭。

三

2013年，宁波。

每个清晨，燕子的大伯上工前，总会完成一件事，将出租房、房门外那道防盗门上的门闩，闩上，然后锁死。

白天，大伯外出做工，十岁的燕子在陌生的城市的这间小屋里，给爷爷做饭。爷爷只喝稀饭。吃完粥，爷爷睡觉。小燕子也可以休息一会儿。

爷爷白天睡觉，夜里总是"吵"。

"吵什么呢？"我问燕子。

"都'吵'张家沟那些事……"

子宝老人那时生活渐渐失序，孩子们寄来的钱，托亲戚邻居送去的粮，没人知道那时他怎么用，一日三餐又是怎么吃的。

燕子的大伯决定，将父亲和小侄女燕子，从沟里接来宁波。

村民组长张文宝最先发现，那时子宝老人的屋顶，每天不再有炊烟冒出。子宝老人那时整天打牌，不再回家。到后来，他衣不换，脸也不洗了。

再后来，镇上有一次发生"打小偷事件"。灰头土脸的"小偷"，拿了茶馆二十元钱，居然还不走，在"现场"呼呼大睡。老一辈人后来认出，那人，是当年一表人才的手艺人子宝。

老人被接去宁波时，是不是偶尔清醒过来了。他开始想家。

他乡没有山，没有河，没有沟里打牌的老人，没有土地，没有麦苗，门外也没有一张熟悉的面孔，没有他嗅了一辈子的那种熟悉的土地和谷草的味道，也没有猪圈的臭香味。

城里的医疗条件，乡下比不了。儿女们商议，还是挽留父亲在城里。

2013年那个初春的清晨，小燕子起床后发现，房子门外的那道防盗门的锁，打开了。全家人愣住了。老人浑身上下，分文没有。

电台、网络、报纸，能够想到的寻找方式，他们都想到了，并且去做了。所有的在外打工的同乡都被动员起来。

二十天后，他们接到杭州萧山派出所的电话，让去认尸。

家人赶去了，亡人不是他们的老父，不是他们的爷爷。

村民组长张文宝说，"他出门，是想回家，是往老家的方向走的……"

终于"冲"出家门，子宝老人果如张文宝所猜测，在往回家的方向走，可是最终老人去了哪里了呢？

燕子听到大人们不断给警察给记者给路人描述，他头戴黑色帽子，着黑色棉袄，手工布底棉鞋，四川口音……

从宁波到上海，整整二百多公里路。三个月之后，老人在上海现身。

老人是怎么走去上海的？风餐露宿，哪里吃，哪里宿？吃了哪些苦，受了哪些罪？而刹那间清醒时，老人可曾感到巨大的恐慌与受到刺激？

据说老人是靠着遍布城市的那些垃圾桶，活下来的。

家人接到上海通知，在上海见到子宝老人时，子宝骨瘦如柴，已不能识人。一旁的小燕子看见，走时，爷爷着冬衣，回来时，已是夏日。

回到张家沟，燕子发现，爷爷的肚子大了，大得出奇。

同年，那年十岁的燕子也回到沟里开始念书，念小学二年级。

农村儿童情况调查表（四）

问：最害怕什么？

十二名留守儿童答案：

一人答：爷爷去世。

一人答：爷爷死去。

两人答：爸爸妈妈出事。

一人答：爸爸妈妈生病。

一人答：我们家里发大火。

三人答：蛇。

一人答：蜂子、鳄鱼。

一人答：老虎。

一人答：爸爸妈妈吵架离婚。

四

站在燕子就读的广元昭化区青牛乡小学操场，实际上，是站在剑阁县樵店乡与昭化区青牛乡，两乡的"乡界"上。

那天我坐在乡小三年级的这间教室里，坐在最后一排燕子的身后。

年轻的班主任站上讲台。燕子是音乐委员，课前预备课，她起音领唱。燕子的声音很细且低，与其说在唱，听上去，不如说是在"诉说"歌。

燕子起音唱：

"我真的很不错,很不错——预备起——"
又唱:
《祖国祖国我们爱你》。
"小小蜡笔穿花衣————预备起——"
再唱:
《虫儿飞》。
都是音乐课上教过的歌,这一首《虫儿飞》不知为何,旋律让人忧伤,深意缱绻。

　　黑黑的天空低垂,
　　亮亮的繁星相随,
　　虫儿飞,
　　虫儿飞,
　　你在思念谁……
　　……

唱完歌,老师发问卷,让同学们填写我带去的这一份"调查表"。

老师一个问题一个问题念出来,有些字,同学们不会写,她在黑板上一一写出来,比如鳄鱼的鳄、离婚的婚。

填表的女生,偶尔会呢喃出声,最害怕什么?害怕蛇。一旁的男生取笑。

一旁的女生又呢喃,我的理想?一旁的男生肆无忌惮接话,我没有理想。

收完问卷,年轻的老师站回台上,让另一个同学站在她身旁——

村民组长张文宝来村口接我们

那个说"我没有理想"虎头虎脑的小虎头胖男生。

小虎头瞬间收住先前的顽皮。他低下头，小手紧紧揪紧两侧的裤腿。

上周五放学，小虎头没有回家，路遇同学，跟同学去了同学家。夜里爷爷急找孙子，找老师要人，老师好不容易找到他，他答应次日回家，可是翌日由于一天暴雨，小虎头再次不假不归，直到第三天下午才回家……

小虎头摇摇晃晃拖着步子，去黑板一角的"表现差"一栏，填上了自己名字。

……

那夜，我住乡小附近的一家小旅馆，征得老师同意，我让给我们领路去张家沟的小燕子与我同住。

在浴室洗完热水澡的小女孩出来，我问她，如果每个人都有一个愿望，今晚也给你一个，你的愿望是什么？

她不答。

白色的被单里，我再次提示：只有一个，一个唯一的愿望？

"我想知道，我妈妈，长什么样。"她说。

而就在当日白天，在教室里她翻她的作文本给我看，我看见，她的作文本里有这样一篇作文，学游泳，她终于学会游泳了。"今天真（是）开心的一天，因为我学会了游泳。""今天妈妈带我去游泳馆学游泳，我看到同时来学习的小朋友许多，还有很多漂亮的游泳衣。妈妈给我报了名，还选了一件很漂亮的游泳衣，我和小朋友一起来到了游泳池，老师给我们分组，接着给我们讲了安全知识和注意事项……"

"我学会游泳的今天，骄阳似火，太阳把地烤得异常得（的）烫，人脚踩在火上一样，所以舅舅决定（又）带我们去做游戏……"

在另一文中，小女孩那位从来没有见过面、不知长啥模样的"妈妈"，陪她逛了北京。"我看见一件很漂亮的衣服，妈妈给我买了。我很开心，心里甜甜的，在路上有五光十色的灯，就像灯的海洋，光的世界一样，玩了一天，今天是一个快乐的日子，永远望（忘）不掉北京。"

……

如果每个人都有一个愿望，那个叫子宝的老人晚年的"唯一"愿望，应该是回家。

在乡场上燕子的姑姑家，子宝神志恍惚地又"住世"了一年。"心"早走了，人总颠倒。

老人背着照料他的儿子和媳妇，常常迷走回他的老家，张家沟那个家。呆在自己的那间早无人居的泥屋里，有时，他被自己的两个同样年迈的弟弟发现了，轮流着去给他送饭，然后再"赶"他回石院场。

最后一次，老人回家是在2014年秋。

大儿子从宁波赶回来了，连夜，腹部隆起如山丘的老人被平放在滑竿上。从场上去张家沟约八里地。子宝身上盖着被子，被子上罩着雨布。大雨泥泞中，一袭人抬着子宝往他要回的家赶。滑竿抬至张家祖坟旁，那株弯弯的大柏树下，还有二里地就要到家时，老人终于挺不住，走了。

农村儿童情况调查表（五）

问：父母一般多久打一次电话给你？说什么？

十二名留守儿童答案：

一人答：一周一次，说要好好学习。

一人答：一周一次，说把作业做完了没有。

一人答：一周一次，好好学习。

一人答：一周一次，问过的（得）好不好，吃饭了没。

一人答：一周一次，一般说做（作）业做完没。

一人答：一周一次，在学校学习好不好，一定要认真把作业作（做）完。

一人答：周末。要认真学习。

一人答：偶尔一次，说学习怎么样。

一人答：偶尔打一次，作业做起没有，要东西叫爷爷买。

一人答：一个月两次，说学习好不好。

一人答：一到二周打，说好好学习，字要写好。

一人答：一个月一个月地打一次，问我身体好不好，学习好不好。

五

每个周末，住校的燕子要回家，回到距离学校不远的剑阁县樵店乡石院场上的她姑姑家。

姑姑家无人，都打工去了。大她几岁的表姐也在县城里念书。

这幢三层楼、面积数百平方米的楼宇，房未着外衣。砖头、石灰的墙胆裸露着。第一层的卷帘门内，堆放着建渣，别人家的三轮农用摩托车、单人摩托车。那天，陪小燕子从学校过去。昏暗中，只能借道过去。那裸露着楼梯的二层，为她大伯和姑姑两家人共同居住并拥有的家。

不知谁锁了燕子家一楼的卷帘门。燕子取出钥匙，我们开始抬门。或许是卷轴坏了，锈了，抬不动。哐哐哐！哐哐哐！我们摇得天响，才晚上八点多光景，整整五百多米长的石院场上，几盏灯亮着，竟无人知道这边动静。

一汪河水清冽地躺在那夜里。

这家里的客厅空旷得出奇。长约二十米，宽七八米，仿佛网球场给竖着劈了一半。"场"中央一组转角沙发，中间一堵电视柜，一台电视机。"场"边，隔出的五间屋里，燕子暂住在她表兄的那一间。

每个周末，小燕子就在这组沙发前的几上喝清粥，然后看电视。整个周末，看看睡睡，睡睡看看。

从广元剑阁到苍溪的剑苍公路，从这场镇上穿过。

那晚，楼下，不时有大车呼啸而过，山中声音散不去，大地被碾得微微颤。离学校不远的地方有一间卡拉OK厅。偶尔也有小车驶过，车里放着劲歌，车子轻盈地跑远了，歌声仍滞留在楼下。

我脑子里那时也"滞留"着一些东西，一位叫王鑫的同学的答卷，他的梦想是："长大，长出一对翅膀。"还有那顽皮的虎小子的话，"没有理想"。

还有那个在"调查表"中用歪歪斜斜的字写最担心的事是"地球被毁灭"，同时父母告诉他"要东西叫爷爷去买"，那个课间时玩纸牌，一双手汗涔涔，又瘦又聪颖的男孩王建聪。

当然，还有已入梦乡，睡得悄无声息的小燕子。

代际差异、老人"失能"、传统"反哺"似养老、留守儿童情感……一些概念，那时也不时闪入夜空。

一张带去的薄单子垫着，我和衣而卧，与同行的义工女子坐在屋里那空空的沙发上。

那一晚，夏虫鸣叫，竟也月静如水。

附：

声音：

・燕子的二爷爷（剑阁县樵店乡村民）：

"有些忙，你拿钱都不敢帮，担不起责任！去年四组的张老汉，他帮儿子媳妇带娃。家里来人了，娃抓把花生出去吃，院坝一口洗衣服用的水缸，小娃儿就倒插在里面。就那么一点水呀，小娃死在里面。她儿子媳妇从外地打工赶回来，七十多岁的人了，张老汉一下子给儿子媳妇跪下了。"

・吴涛（昭化区青牛乡乡长）：

去年全乡外出打工人员总收入两千多万，但这些钱他们最大的投入，是自己建房。

乡村成了戏言中"386199"部队，只剩下妇女、儿童和老人。目前农村最为突出的问题：一，缺乏劳动力，劳动力进城了；二，传统农耕技术，在年轻人中已基本失传；三，年轻人不愿回乡发展，城乡基础设施差别大，农村收入不能满足其生活需要。

・《中国留守儿童心灵状况白皮书（2015）》发布，发布人李亦菲教授：

全国 6100 万留守儿童中约 15.1%、近一千万孩子一年到头见不到父母，即便是在春节也无法团聚。

近一千万的孩子一年到头根本见不到父母，调查的结论与我们普遍认为的留守儿童至少在春节能够见到爸妈的印象完全不同。根据调查，如果保证不了每三个月见一次，孩子对于现在生存状况的焦虑及"烦乱度"会陡然提升。

父亲

20 世纪 40 年代

要不要逃走？小脚的女人犹豫。发簪穿过绾在脑后的发卷。她叹。

屋外冷雨霏霏，偶有寒风抑或初雪呢絮。女子唤醒了身旁的稚子。1941 年冬，这位母亲带着五岁的大贵星夜出逃。

母生二子，大贵为小。父亲在他三岁时过世。母亲改嫁前，长子送了人，次子大贵，小脚女人留在身旁。但是，继父并未善待这对母子。

寒风中，大贵赤脚，着短裤。母亲三寸金莲，满面戚容。母子没有目标，生于山中也囿于山中，竟不知哪一条是出山的路。母与子甚至连一只乞讨的饭碗都还没有来得及备好，这就上路了。

大概是第三天吧，母子走到山中一户朱门前。门前一对石狮。母亲叩响门环，里面来人，迎他们进去。堂上的夫妻看着大贵，不露声色地喜。三面合围的"门"字形瓦屋，那小脚的母亲收不住眼。她环顾，望了又望。

三位长工进进出出忙碌。大贵的母亲明白过来之后，她扯稚子的衣襟双双跪在地上，"你们若能善待他，从今往后，他就是你们的儿子了。"

小孩子哭是要哭的。

从那一天开始，大贵成了这对膝下没有子嗣的堂上夫妻的儿子。

他管他们叫爸叫妈，唤自己的母亲，作"母"。

"母"哪舍得远离左右，缝缝补补，一直在周遭帮人为生。那一年，那个冬天，赤脚走过五个寒暑的孩子，第一次穿上了鞋。

朱门三年，杜家视大贵如己出。妈着斜襟素衣，虽是殷实人家，但是家里一应事务，妈，总默声默气地做。那时家里养着两栏猪，一院子的鸡。爸偶尔去坡上地里讨些要吃的菜，大人提着撮箕在前面走，他在身后跟着，如影随形。

小孩子有印象的事是下山去赶集。来回三个多小时脚程，人毫无倦意。那日的集上，一个戏班子正演皮影戏，铜锣，鼓，掀天地响，三个偶人在幕布上厮杀，个个手持长矛。

人群外一爿小店中的一间，爸让他坐下来吃东西。泡粑、油炸麻花。每次赶集，爸总会割一刀鲜肉，买些食盐、面条等等。那一次，爸额外带回来了妈准备给他父子俩做夏衣的土白布。布匹方方正正对叠，归置在一张碎花布里。

同样挎在肩头的那种碎花布的包袱，那日，一个衣衫褴褛的人斜挎着它，迎面站在坡上，那是大贵的继父。

大贵姓邓，据说邓家"族上人"找他继父要人，那个曾经不善待他母子的人，背着干粮找了整整三个月，从秋到冬，终于打听到了他们的下落。

小孩子拿不准自己该怎么办。

来到这龙骨山（音）三年，但凡家里吃鸡，鸡爪子总是归他。"小孩子吃了，长大了干活跑得快。"他爸妈望着他笑。有时，夜里他已躺下了，妈又端来一碗甜醪糟，给他驱寒。

寺庙很远，足难出户的妈偶尔去，总会带上他。无人的空庙，观世音，土地爷，关羽，都独自住在那里。印象中，妈总是跪在地上。

叩头，额贴地，似蜗牛，犄角收敛含进躯体里，身体曲成某种细弱隐匿姿势，仿佛，只有那样，一个人才能够保护好自己。

20 世纪 60 年代

放学后，友仁和他的同学在石坝子上玩牌。嘘——嘘——嘘——，没人想到，那是子弹呼啸而过的声音。待反应过来之后，几个少年趴在胡豆地里，心惊胆战。

镇上的人都撤到学校里去了，那是友仁和他的同学念书的地方。街上空无一人。

七辆卡车停泊在镇中央，车上的"红卫兵"，荷枪实弹，着军装。

车队启动了，"红卫兵"们鸣枪示意。叮，叮，叮，有子弹和弹壳落地的清脆声音。友仁上前拾起一枚弹壳，还有不远处的一粒子弹。他伸出握子弹的手递给车上人，"喏，你们的子弹丢了……"

对方接了过去，没有言语。

那日回家后，友仁把余下那枚弹壳交给父亲看，他的父亲吓坏了。友仁是家中独子，三代单传，他的母亲又早逝。"这孩子胆太大！"他的父亲不再让他去上学了。

数月前，十四岁的友仁家里悄然多出来了一个"伴"。社会实践，从城里一下子来了两个班、共一百多名学生。他家因成分好，也分来一个。每天放学回家，经过"伴"的屋前，友仁总是用余光觑，生怕自己的影子被对方摄了去。

"伴"长友仁三岁，戴眼镜，斯斯文文。一个眼里有事的男生，天不亮下地扫院子挑水，见啥做啥。

白天，那些城里娃三三两两汇集到田间地头去。写生。

爷爷特别稀罕这城里娃。加入过几天"队伍"，曾为红军送过军粮的爷爷，看着这娃，是不是心里总有一种说不出的意味深长。

家里吃肉，爷爷会将肉埋在城里娃的饭底。出锅的第一碗饭，爷爷会先盛给城里娃。再添饭时，爷爷会小声叮嘱，"舀皮面上的（饭），莫舀下面的红苕。"

城里娃住着这山里人家，为数不多的几间老屋中靠堂屋边的一间。一张拙重的木架子老床，床尾不远，一架木梯，突兀地伸进屋角的天花板。天花板上那个夹层，是这个家那时无粮可存的"粮仓"。

友仁回家时，城里娃刚刚被学校召回城里。屋内凸凹的地面泥腥依旧，床柱上，藏青色的麻布蚊帐夜幕般四合。母亲陪嫁时的一面镜子，别在墙上。友仁同爷爷住隔壁，偶尔，他会去那屋看看，看看城里娃带不走的一些烙印。

"山地广播"开播，地富反坏右家的子女无缘担纲。十五岁，上了两年中学的邓友仁成了村里的广播员。

铁皮卷成喇叭，每天清晨，他站在鸭嘴形的一处山峦上，用它读报。对着了无声息，满山满谷还未醒来的朦胧村庄。直至晓色散尽，炊烟升起。

秋收时，落户他家的那个城里娃又回来了。与先前来过的四个同学结伴而来。

他们来"串联"。

学生娃们又分头住进了先前他们入住过的人家。

帮这家修修房，帮那户挑挑水，帮助队里干些简单农活儿，这是学生娃们日间的生活。入夜，有时他们会放映从城里带来的幻灯片。一盏煤油灯，一帧一帧的片子对着油灯照。影子投在墙上，幻灯内容，多为"收租院"，忆苦思甜。

光影前的人们并无意识，其实那时他们自己，也正在切换着的历史画面中。

他们脚下的土地，四川省平昌县驷马镇，那是全省树立的标兵——"学严龙，赶驷马"。这里，是那个年代四川全省高看的"三八红旗高地"——粮食亩产八百斤、棉花亩产八十斤、生猪年出栏八百头。

四个学生娃喜欢涂涂写写，偶尔他们去观音岩上写字，他们写"毛主席万岁"。有时，他们也在友仁家背后的巨石上刻字，刻上他们就读中学的校名——四川美术学院附属中学。

快添冬衣时，四个学生娃决定要走了。

友仁、大贵，一群山里娃去送城里娃，走呀走呀不忍离。山重水复，情意殷殷，最后时刻，友仁家的那位学生拉过友仁耳语："一点粮票，我悄悄压在你家墙上那个老相框的背面了……"

20世纪90年代

一

有野鸭，于水面，微风般吹皱一池清水。

有斑鸠贴着田陌低旋，乍地掠过。

有老人怀抱头戴鹅黄绒帽的婴儿于乱花飞溅的山径行走。

友仁在厦门打工的大女儿云华，那日坐在她家门前的院里，她撸着袖，台阶上，一只写着"新视野"字样的大纸箱，还未启封。

小学毕业的云华随村里人外出打工——厦门一家餐厅服务员，月薪微薄，那是她攒钱从城里给父母带回来的一台彩色电视机，和一台影碟机。

四十六岁的友仁大哥,那时心思不全在这些高档电器上。这一年——1998年,平昌这山里,土地缺水,禾苗不成器。原本往年,他家里的五亩田地,正常年成每年可打粮食在两千公斤左右。自己是石匠,帮人做些零活,再卖些家禽,家里现金收入至少在两千元以上。可是,在外打工的长女云华开年要成婚,为操办女儿婚事,友仁想搭一间厨房;陪嫁,一应家具和床上用品,少不了。嫁女酒,依乡俗也是要办的。另一对儿女,上小学四年级的儿子钱娃子,上小学六年级的女儿红娃子,都正是花钱时。他有些失去主意了。

在外打工的孩子,差不多会选择在外完婚,至少为了"体面",会选择在镇上办事,懂事的云华知道父母的难,主动提出在家里操办。这让友仁欣慰又心乱。

大贵——邓友仁的本家二叔,双城村四社的生产队长,那时,大贵叔的心思不在这一时一景上。他想给社里(四社)修一条公路。路,那时已通到了六社,只剩下四社这一段。路修与否,是山里的大事。

"路修好了,这梁上家家出一个状元……"大贵那天在现场动员。

现场,一旁有妇女接话:"家家出个大学生。"

大贵说:"可不是!以后,给大学生送个通知书,外出打工的人回个家,结婚的,送化肥的,车子直接开到家门口。"

动员会后,山里的铁匠开始锻打铁锹,木匠开始做木板架子车,老人们开始在自家院里编织装运泥土的篾器。

开工那日,天未亮,大贵执着手电筒挨家催促:"友仁,早些到工地上拈号。带上锹、撮箕、锄头和背篓。"

纸阄放在一张摊平的塑料口袋上,每户限拈一个号。无论家里几个劳动力，每一个号代表一种活儿。结绳记事一般，最原始的民主。

邓友仁一家拈到第十四号阄，他扛着锹去坡上凿炮眼。

一千六百米长的公路，会经过三个社，土地下户，四社本社的土地占用，采取土地集体平衡消化方式，不再赔付。邻社的土地征用，每一亩，一次性赔偿一千元。

这段路那日恰好要经过邻村一户人家种着洋芋的一块坡地。田间，着粉色毛衣的妇女质问大贵："这是不是才一分地，我问你?!"

大贵看也不看，回她："两分，两分地!"

粉色毛衣的邻村妇女不服气，还要说话，大贵打断她："现在是'估'的面积，公路修成功了，实际占的多少就是多少!"

粉色毛衣妇女焦灼地吼起来："我不是疯子，不是来有意阻拦你们的……"

炸药溅起的些许土星，掉进不远处的一汪水库里，昔日乡村的安宁，第一次就这样被打破。

公路雏形出来那日，大贵特别开心，他让社员们就地休息。黄泥地里，放下担子的老妇将小孙子架在自己的脚上做燕子飞，社里的"山歌王"王应松，清清嗓子，给大家唱山歌《懒大嫂》——

　　一个铜圆两个卯，
　　听我唱一个懒大嫂，
　　太阳出来天边红，
　　她在铺里按臭虫，
　　上沟下沟喊吃饭，

她在铺里扯扑鼾，
　　丈夫喊她去煮饭，
　　锅一拌（摔），碗一拌（摔），收拾就煮饭，
　　左边是一个虱子疤，右边是一个虮子疤，
　　虱子就拿棒棒打，虮子就拿耐（热）水烧，
　　……左边……
　　……左边……

　　应松似乎发现自己唱掉了一段词，他半张着缺牙的嘴。歌声被风干，蒸发，戛然劫走。村里人笑得人仰马翻，土地下放之后，山里，好久没有这番"集体"景象了。

二

　　左邻右舍的小孩准时来友仁家看电视，云华给孩子们放映录像《龙在少林》。

　　电视里，小孩们个个武功盖世，电视机前的孩子眸子清亮、纯净，不着尘事。这群孩子中，坐在第一排的是友仁的另一双儿女，钱娃子和红娃子。

　　下午放学后，这对姐弟总是一前一后去坡下取草料。草料扎在田埂一株虬曲苍老的桐子树上，那是友仁家一大一小两头牛，整个冬天的食物。

　　姐姐红娃子背一大背草在前面走，人被谷草淹没，弟弟钱娃子怀里抱起一大抱，跟在身后。

　　偶尔，弟弟会跑出去与邻家小孩子用茅草打草仗，打得梁上，茅

草飞絮漫天。

屋里的云华那时也在心里打着仗,心事对峙。

要不要回厦门?在外,酸甜苦辣尝尽,回家那日她曾跟父亲说,"不出去了。"父亲说:"这样也好,山里人在外面,总不是长久之计,回家做点小生意,比什么都强。"可是,如果不出去,在家里又能做些什么?

村子那些日子被秋阳烤得慵懒散倦,偶尔小鸟几声啼啭。四社的公路,不知为何,修了一半又停工了。山里日子又回归止水,云华无所事事。

拿定主意的那日,云华对她的弟弟妹妹说:"你们,一定要把中学念完,再出去打工。人在外,比如我,只能干一些累活、脏活,人家让我去干会计,我都不敢去接……"

春节,云华如期出嫁。新郎是邻村人,他们在厦门打工时相恋。

春节前,友仁给女儿云华备了八床棉被的棉花。他从邻村请来了弹花匠,匠人工钱八十元。棉被弹了三天,厨房盖了五天。

那些日子,每天放学,红娃子不声不语坐在纺车前帮弹花匠埋头绕线,纺轴咕咕地响。友仁卖掉了一头牛犊,他开价二百元,贩子出一百八十元,最后忍痛卖了。家里又杀了一头四百斤的肥猪,肥猪喂养了一年半,是不是有些不舍,云华母亲一直在不远处的厨房门口蹙眉。

那天,迎亲的队伍头一天来到友仁家。

锣鼓唢呐声中,新郎西装领带包了车载聘礼而来。车停在村子的公路上,友仁家的院子临时搭起了喜案。

新郎家的人开始"摆礼":父母和新娘一人一双鞋,小型电器、米、肉、挂面、香烟、化妆品,还有手表、耳环。

乡里的知客师那时知客:"有请——族戚——姑舅姨表,前来观礼，请邻里亲友让远亲，让了桌椅让板凳呀……"

年轻的红娘于男方聘礼前报礼，"徐邓二姓结良缘，我两姐妹把姻缘线来牵，来的几件粗布衫，上面摆了几尺红毛线，山茶野果不齐全，看来我们拿的肉，肥的都叫我们割完（旧礼肥肉为稀罕物）……"

吃酒，是大山里的一件大事，也是山里人重要的社交活动。云华出嫁前的头一晚，她的母亲最后一次给她梳头。母亲没有流泪。

两天来，从"迎亲"，到云华出阁前最后一次对镜梳妆，云华的妹妹，十三岁的红娃子，始终躲在廊下一根柱子后。偶尔她探出半张脸，一脸茫然。

大婚之后，云华离开了大山。

三

背篓是红娃子的书包。红娃子快要小学毕业了，为了考上镇上的中学，她转学到了镇小学，在那里住校学习。

每个周日的中午，母亲会给小女红娃子备菜。一周的菜，油炒腌咸菜，母亲往一个塑料瓶子灌。通常学生娃在外只能吃缸里的菜。红娃子去米缸打米，一只塑料袋她装了小半袋。母亲准备多给她装点菜，红娃子说不用，下面的菜，会酸。母亲说，到了学校，就把盖子揭了。

书本文具一应学习用品放在米菜之上，背着背篓，蓄着马尾长发的小女孩，消失在林径间。

红娃子在镇上念书的日子，1999年春，这深谷里发生了以下事：

天干，抢水蓄田，村上几个队的人发生争执。一个社的社长被另一社的社员双手反剪，押到了乡小里，让人看管起来。一个妇女，把水往一旁的野地里引，愤怒的村民用篾条，把她捆了。

四社的泥巴乡村公路，通到了村口。

为建"文明"社，村上出资，家家户户开始粉白外墙。

友仁家屋后的草垛上，一只猫头鹰下了七枚蛋。钱娃子捉了猫头鹰又把它放了。

山泉引水入户。每户出资一百元，另工钱三十元。也有人不愿意，嫌贵了。

推广旱地育秧，友仁和大贵两户人家被确定为试点户。稻子蘖株率高，长势不错。千百年来老祖宗传承下来的农事规矩，遭遇挑战。

持续天干，山里小麦普遍减产。

社长邓大贵做动员缴农业税，从南斯拉夫中国大使馆被炸，讲到了中国公民的责任，讲到了农民上交农业税的重大意义。村民听得目瞪口呆。农业税内容依旧是，生猪、油菜、小麦和现金。

油菜收割完后，山里连续下雨，人们能听见大地山川贪婪的吮吸声。有惜福老人闲不住，扛着一百五十多斤重的犁头，披蓑衣，牵着老牛，去田里犁地。怎么劝都劝不回。

细心的大贵后来做过一个统计，那时的四社，四十二户，社员共一百八十七人。在外务工人数，加上邓大贵家的两个在浙江和福建的女儿在内，约九十人。社里实际常住人口约九十人。

2015 年初秋

夜晚，七十九岁的大贵叔，趿着已褪色的塑料拖鞋，捉一张不足十厘米高的矮凳，往他家屋前的院坝走。

矮凳他黄昏剁猪草时用过，这山里，家家都有一张这样的小凳。

院坝尽头，老人坐下来，是不是凳子太过矮小，他仿佛赤手空拳地蹲着。

一只狗卧在一旁，一只香烟盒大小的录放机，竖在他跟前。山里的星斗，仿佛特别大，特别多。繁星满天，似一只只"目"。

……

1944年，大贵随继父回到故土。母随继父生活。大贵被"族人"安排到本家二叔那边生活。他的母，于他乡活到九十四岁。大贵于二叔家，靠替人割草放牛为生。

龙骨山，那年与杜家一别，便是一世。没人知道杜家后来的境遇。"土改""四清""文革"，每一个历史关口，没人知晓慈悲的杜家二老情形，是生是死，是否安好？

新中国成立后，"族上人"送大贵叔念了一年的书，后他应征入伍，参加了抗美援朝。后复员回乡。

大贵叔家中，有一间屋的几面墙上贴满奖状。岁月熏渍，还能辨认的有：

·1991年，荣获1990年度，生猪屠宰税收先进单位，奖金十元；

·1993年，荣获1993年上半年税费入库先进单位；

·1996年，荣获1995年度计划生育工作先进个人；

·1996年，荣获1996年春耕生产先进集体，奖金五十元……

中共平昌县委县政府赠送的一本挂历，格外醒目。上写：恭祝，全县老红军、西路红军、失散红军、老八路、烈军属、残疾军人、复员退伍转业军人，新春快乐，阖家幸福！

一旁，是他与他妻子的照片。他的妻子仿佛正不经意看他，怔忡地问,为何要拍我呢?话未毕即被拍摄下。

妻子是他远嫁外乡的姑姑介绍的。中学毕业生,幼儿园老师。初相见,她穿一双皮底的布鞋,披白色围巾。"有文化,刮(方言"很"意)讲究的。"大贵那时着一身复员军人的军装,两人相遇,一见倾心。

我就寝在这一墙奖状、挂历和大贵夫妇的照片之下。这屋,是整座农舍的"枢纽"。屋里的三扇门,分别通向多间屋和一个天井。

大贵叔宿天井后的那屋。屋后临山,名小鹿山。小鹿山后,大贵叔说叫大鹿山。我追问,大鹿山后面,再远方呢?他说是盘龙山,然后是四川的平昌县和通江县,再出去,秦岭那边便是陕西汉中。

大贵有四个女儿,其中两女,如今就生活在秦岭那边的大山之外。出门打工,异乡乃家。另两女,嫁至邻村。

他的妻子去世已两年。大贵叔那日问我,我算留守老人吗?

……

大贵叔的生活极有规律:

清晨四点,一般早早自然醒来。扫院子,喂鸡,煮猪食。

柴火、剁好的猪草苕叶,头一晚他会备好。厨房三口大锅,两口用来煮猪食。人食,清粥,用电磁炉子熬。猪食煮开了,加半桶玉米面和糠粉,凉在锅里。

夏日,趁着天凉,一大早他会去地里干些活。

早饭后,喂猪,看电视。

午休后,第二次喂猪。去山上割猪草,剁猪草,准备自己的晚餐。

天微黑,喂猪。唤鸡回栏,关死栅门——山里的野兽曾叼走过他的几只鸡。准备次日煮猪食的一大堆柴火。

睡前,院子里听一会儿歌。

夜里，很多时，躺下了，睡不着，"躺多久都睡不着"。

……

睡不着的大贵叔的屋外，院坝的左侧，是本家邓开金的家。青瓦、长檐、深廊，呈"尺子拐"而建的老式瓦屋，空空无人。

房子建于1949年初，建房时，开金定是有许多期许，否则，这座由两套农舍呈直角相依相生而筑的房屋，不可能分别在一大一小两间堂屋的门楣上，分别都挑着雕有繁花的门簪。门簪楔透厚墙，担在门楣上。它不仅是装饰，不仅是旧时某种门第意义上的考虑，当地人会说，你家若有大喜，它是挂匾额用的。

只可惜，开金病逝，开金的妻子也走了。开金的一双女儿，如今一个打工在陕西西安，一个在四川大竹。打工在外的这对姐妹，每年春节，会回"家"团聚，回这个门前蒿草已过人高的家。

大贵叔家正前方不远处，是爱唱山歌的王应松老人的家。应松家的院子足足有半个篮球场大。两面环房，一面高大的树丛做屏。他的四个女儿都生活在别处，八十四岁的应松那日坐在院子，那座空空荡荡的院落，三伏的天，他脚上的一双棉鞋，格外打眼。

那日，我去坡下的人家串门，我们在路边说笑，我们身后，突然传来应松，苍老又衰弱的歌声。

一株柏树与一株香椿树之间的地上，老人坐着，唱他年轻时爱唱的《贤妹子》——

"太阳出来哟，一把火哟，贤妹儿晒得哟无处躲哟，我把个草帽哦交给你呀，任由太阳来呀来晒我哟……"

应松家的"贤妹子"，其实是大贵叔的亲嫂子。大贵的血亲、他的亲哥哥病逝于20世纪60年代。他哥哥留下三女，应松入赘过来后，这个家,又添了一千金。

大贵叔家右边几户人家之外,是友仁大哥的家。如今,友仁的继母带着友仁同父异母弟弟的一个十来岁的智障孩子,孤守空院。

友仁随孩子们去了厦门,那个他曾劝云华"别回去"的都市。

同在福建,一家人又各自飘萍。友仁与妻子租房住厦门,友仁替云华照看两个学生娃,妻子上下午各在一公司和一娱乐场所做保洁。

云华夫妇依然在福州一家饭店打工,钱娃子在厦门一家网络公司做布线工。红娃子生活在深圳。

红娃子做什么工作,大贵叔说,友仁始终不愿说。

……

> 我并不是说中国乡村人口是固定的。这是不可能的,因为人口在增加,一块地上只要几代的繁殖,人口就到了饱和点;过剩的人口自得宣泄外出,负起锄头去另辟新地。可是老根是不常动的。这些宣泄外出的人,像是从老树上被风吹出去的种子,找到土地的生存了,又形成了小小的家族殖民地,找不到土地的也就在各式各样的命运下被淘汰了,或是"发迹了"……
> ——费孝通《乡土中国》

早期中国的乡土样本,如梦境。

双城村四社,如今名"四组"。第四村民小组。不知这个村庄,是不是,也曾是一粒从老树上吹下来的种子,然后繁衍而成的村落。

这个村庄,半数以上人姓邓,也就是说,这个没有陌生人的"亲戚小社会"，哪一户有几口人，几头猪，几头牛，在外做工的孩子在哪里，干什么，都彼此相知。

2015年8月6日，我去山里时，城里的那粒"种子"友仁大哥，赶巧也回来了。继母病重，他回乡探视。

一早，友仁大哥来找我，他陪我去他家当年有故事的地方看看。

公路旁，从前钱娃子捉猫头鹰的那株大树不见了，修路时被砍了。红娃子与弟弟取牛草的那株桐子树也没有了。他的家，友仁大哥曾经去城里娃的住房嗅"烙印"的那间屋，那一床夜幕般四合的藏青色麻布蚊帐，如今旧泪一般，残痕断迹，一滴一滴挂在钱娃子曾住过的那间土屋的床架上。

土屋里，墙破了，杂物塞满。

从友仁大哥家回来，我在大贵叔家的院子里洗漱，一个影子忽然晃出。影子扛着锄头，醉汉般一个趔趄，快要摔倒时，锄头一撑，这又稳住了身子——是唱山歌的王应松老人。

这是要去哪里？我问。"早上凉快，我去地里把玉米秆子锄一下。"他回。

然后他跟跟跄跄蹒跚地消失在了通往梁上他家玉米地的小路上。

友仁、大贵、应松，三位老人，分别从青葱少年、父亲、手艺人、全劳动力，转瞬之间其人生的"角色"转换成了城里的留守老人、故乡的留守老人。

20世纪，这山里还有一位"角色"历经转换的寻常老人，友仁的爷爷邓开选。开选老人头缠白帕，一碗薄粥盈掌，古铜色的脸上，沟壑深种。他深邃而静默地笑。当年在友仁家住的那个学生娃——在友仁屋后岩上刻上"四川美术学院附属中学"字样的少年罗中立，后来把这一幕，画成了扣动无数国人心弦的著名的油画《父亲》。

父 亲

……

那晚,趿着拖鞋的"老父亲"邓大贵,坐在他家院子——四川米仓山南麓深处的山谷里。院前几步路旁,葬着他的妻子,妻子的墓旁,是他给自己预留的墓。

墓碑上,是不是遗憾今生自己没有文化,大贵以他子女们的名义,请人镌刻上了文言文样的像样碑文。

大贵叔习惯所坐的位置,后来的某一夜,他从这里打着手电筒走了,去寻他的狗。我在院子里焦急地等。很久之后,他回来了。

后来知道,人老了,身体反应各异。老人大贵的表现为灼热,热到他总是要将做好的菜,放进冰箱里冻冻再吃;热到夜里,他忍不住会下到深山里的水库,浸泡一下整个身体,退体热。

后来知道,人老了,怕一个人待着,一周七天,他有三四天会搭车去镇上,那里有一间老茶馆,冉家茶铺,寂寞的老人,都会萍聚去那里相见。

山村里,越来越多的人"宣泄"去了城市,往昔一百八十七人的村庄,如今只剩下了二十多名老弱妇孺。那一晚,趿着褪色拖鞋的大贵叔点上一支香烟,他开始放录放机里请人下载的歌曲。

沉沉的星斗下,歌声动情——

> 再见了,心爱的梦中女孩,
> 我将要去远方寻找未来,
> 假如我有一天荣归故里,
> 再到你窗外诉说情怀。
> 再见了,心爱的梦中女孩,

罗中立的油画《父亲》

> 对着你的影子说声珍重，
> 假如我永远不再回来，
> 就让月亮守在你窗外……

从那一年一见倾心到今朝，仅一瞬之间，却又已天各一方，阴阳两隔。他的"梦中女孩"，此刻正卧在这片土地的坟茔里。

"老根是不常动的"。土地是"乡土中国"曾经植根于土地上的人们，赖以生存的命脉与根本，是山里人的全部生活和印记。

我与我同行的义工女孩儿立在大贵叔的家门前，泪，如泉涌。

（本文中90年代部分场景内容，参考纪录片《山里的日子》，在此致谢！）

清秋

清 秋

下午,邢操看见兵兵满面阴郁地坐在教室里。室外的走廊,扎着马尾发型的学习委员黄橙橙在教室外玩。楼下的操场,三三两两同学嬉戏。操场再下去一级,是依山而建的篮球场。远处,峰峦堆烟。

国庆会演,兵兵想参加鼓号队吹号,可是,他没好意思跟老师说。

黄橙橙进来催兵兵交作业。这个班,共十位同学,六位女生,四位男生。寡不敌众,但小男生是"瞧不起"女生的。兵兵烦躁地回她一句:"我在找,我在找。"然后将作业本和文具掀了一地。

很寻常的一幕,邢操一旁看着。

乡小的学生统一住读。周一来周五返,每位学生,食宿定位。

晚餐时,兵兵座位无人,老师让几位同学去找。同学们放下碗筷奔出餐厅,他们去教室、厕所,去餐厅后面的小路找,未果。最后,黄橙橙说,我去宿舍找找吧,她上二楼,右拐第二间。门开着,橙橙看见兵兵直直地站在那里,他面朝自己所住的上铺。黄橙橙本能地喊:"吃饭了……"话未出口,小女孩怔住了,她转身飞也似的往楼下冲:

"有人上吊了……"

老师取下兵兵时,兵兵的裤子是湿的。

兵兵将一件春秋衣拧成绳,一头套在上铺铸铁的护栏上,一头套在了自己稚嫩的脖子上。

2014年9月24日，星期三。

那时，兵兵九岁。

婆婆

校园距离兵兵婆婆家，约二十分钟的路。乡小把电话打给兵兵跑运输的姑父，姑父又把电话打给了兵兵的婆婆。

从家走到乡小门口时，兵兵的婆婆再也挪不动脚步。

孙子躺在操场旁一张水泥的乒乓球台上，老人无力把控和调动自己的身体。从校门口到那里，百步左右的几十米路，老人拼命向前爬。爬也要爬到孙子身边去。

关切的人们上前去扶，去搀。一旁教学楼的教室里，学生们在各自班级的教室里，静息。兵兵所在的那个班级，几个女生开始哭。

兵兵被用一床被子从头到脚覆盖着。老人快爬至乡里警务人员拉起的一道警戒线时，昏过去了。

从2010年8月至2014年9月，四年间，匍匐于地的老人石志秀，这是她的家意外离世的第三个人。

……

儿子健波（兵兵父），一背一背用背篓，把一车车砖从镇上背至镇尾的圆包岭街时，并没有人发现他身体有任何病兆。只是体型偏瘦，这让母亲志秀垂怜。

2008年底，两千元钱购得镇上圆包岭街的一块地基，深山里的这户人家，欣喜了好一阵。两楼一底的建房计划，沼气池、地下室建好，整个房子修了近一半时，健波决定再一次外出，赴厦门打工。边打工边挣钱边建房，这是乡村如今的置业模式。

建房费用，二老出一些，健波支一些。一家人生生死死会相依到老相靠一辈子，哪用分彼此。

2009年夏的一天，老人志秀接到儿子从厦门打来的电话——儿子那时在厦门一家橡胶厂打工，他轻描淡写的一句："妈，我要上手术台了。"

"啥病？"母亲问。

儿子没有答。

儿子上午九点关掉手机，下午三点过，家里才有了他的消息。

健波是秋天回山里的。省钱，他坐火车回的家。残病的身子，心思细密的他给女儿背回来一辆折叠式自行车。

食道癌。

健波为兄长，他还有一妹在绵阳做工。求生的欲望，在长达约一年的时间里，健波一直颠簸往返于乡下与绵阳、广元、成都之间，做人生最后的一搏。

油枯灯尽的头一晚，健波躺在老屋的一张小床上。

那时，健波的父亲在牛棚里忙碌，一筐一筐的牛粪往田地里背，母亲在厨房里做晚饭，女儿菁菁，站在有着三两根木条护栏的窗外，怯怯地往窗里望。

健波脚朝窗，人仿佛被天地吸干了水分，槁叶般望天不语。癌细胞那时已疯狂演变成一丸丸的果，垒满他的耳后。菁菁看见，她的父亲偶尔掐着指，仿佛在算着什么，又抑或记起了什么人间要事，在努力记忆。

健波是次日走的。

那年，2010年，菁菁十一岁，弟弟兵兵五岁。

那时节五岁的兵兵不知处在什么位置，在干什么，在想什么，在玩什么。印象中，小孩子是不怎么知道悲的。

健波床榻旁的那面墙上，五岁的兵兵用各种粗粗细细的粉笔涂满了画。乱麻似的一墙"线网"，你若细辨，会辨认出一张张小娃娃隐约的脸。每一张脸上，小娃娃张着或圆或方或大或小，似呐喊，又似抓狂浪笑的口。

那是五岁的兵兵，跪在父亲身旁的床上画的，也是五岁的孩子留给世人的最后的心迹。

……

2013年秋，健波的父亲——兵兵的爷爷卫仕才，又患病过世。老人志秀几已无泪。

老伴去临近的村里打短工，他从三层的楼上摔下来，浑身上下缝着针，腿上和腕上打着石膏。

一年后，志秀清楚记得，仕才还下地种了一季的庄稼，怎么，人，说走就走了呢？

健波的妻子、志秀的儿媳，是这一年的年头改嫁的。年尾老伴这一走，这个家，就只剩下了刚念初二的菁菁和才念小学二年级的兵兵了。

菁菁

菁菁最后一次看到弟弟，是去年9月开学后的第二周。

她去镇上超市给弟弟买了袋装的凤爪、黑米锅巴，还有笔和糖果。兵兵见了她叫了一声姐，然后开始吃凤爪，吃锅巴。

弟弟穿一件有点陈旧的蓝色外衣，一条七分长的裤，一双凉鞋。

清 秋

秋凉了，看上去，微冷。

菁菁问弟弟，你过得好不好？

弟弟说，早上起不来床，有时"那边婆婆"用棍子打他。

菁菁别过脸。"那边"，是如今母亲再婚后的夫家，在大山的另一隅。倘若父亲在，爷爷也还健在，弟弟与自己的命运，一定会，不同。

菁菁出生的那个山里的老家，祖屋里至今仍旧保留着一个菠萝大小的石"碓窝"。那是菁菁爷爷上山采来山石，亲手做的。菁菁出世后，吃不上奶水，那时，菁菁的婆婆每天就用这个"碓窝"将泡好的花生、核桃，还有黄豆和大米，捣成浆，然后煮给她吮。

菁菁婆婆那时爱拿那个碓窝说笑，"它才是你的妈哟。"

小小的菁菁那时，管姑妈、婶子，都叫过"妈妈"。

那一年，菁菁四岁，一直在外辗转打工的她的父母终于回家了。那一天，菁菁的母亲举着一条红色的碎花童裤给她看，还有她从未见过的水果。

母亲说："叫我妈妈……"双方僵持着，良久，菁菁转头叫了一声一旁的爸爸。

"陌生"的妈妈让她开不了口。所有大人，一旁开心笑。

妈妈的表情，菁菁没有印象。

那是不是一场乡村的集体无意识？山里山外咫尺远方，两地人原有的身份因时间空间、因社会角色而被重新认定，情感淤塞阻滞的种子，笑浪声中，已悄然萌动。

再大一点的时候，菁菁留意到几件事：

母亲怀上弟弟，爸爸托人去县城买回一箱橙子，先一步回家的爸爸将一个大橙子递给婆婆，婆婆不舍得吃又转手给她。母亲进门时见她正捧个大橙子把玩。那一夜，父亲母亲吵了一夜，翌日，她见母亲将一箱橙子倒了一院子。

有了弟弟之后，菁菁看见母亲买饮料，给弟弟买盒装的，给自己买袋装的。

再晚些时，农村时兴给小孩买"保险"，母亲只给弟弟买了一份。在父亲追问之下，母亲才恍然大悟般又给她补了一份。

十六岁的女孩，她与长年在外打工的母亲同床而眠的时间，加起来不过几次，而其中一次，菁菁说，中间隔着母亲再婚后诞下的小妹。

那一夜，少女菁菁没有感受到母亲的体温。

母亲再婚后，菁菁姑妈锦华，成为菁菁婆婆家的主心骨。养儿防老，儿子死了，女子便是家里的"儿"。老人志秀一生共育下健波和锦华这一双儿女。老伴卫仕才临走前，卫家人请来乡邻做证，立下遗嘱：

镇上两楼一底的房子以及如今的祖屋，归属二老自己的"那一半"，产权归女儿锦华所有。同时，"立遗嘱人（注：二老）的生活起居，赡养以及死后安理等均由继承人（注：锦华）承担"。

菁菁在外打工的母亲并不知道这些，再回家时，她发现昔日的婆家的房门，已更换了门锁。

作为两个孩子的母亲，她明白，这意味什么。

于是她一纸诉状，以自己并两个未成年孩子的名义，将昔日的婆婆石志秀告上了法庭。

庭审那日，菁菁和兵兵列席。母亲和婆婆站在庭前。

从前同吃一锅饭同饮一缸水的一家人，对峙而立，目光游弋。

庭审焦点，"婚姻家庭，继承纠纷"——镇上那座楼房的产权归属。

法庭调解结果：

镇上的楼房，志秀百年之后，产权归属菁菁和兵兵共同拥有。志秀健在时，为抚养两个未成年人，一楼门面的一半，原告菁菁和兵兵的母亲，可"临时住用"。

这场纠纷，让人始料不及的是，菁菁和兵兵姐弟俩的抚养问题，被拽出了水面。

年过六旬的菁菁、兵兵的婆婆志秀，没有任何其他经济来源，不具备抚养这一双未成年人的能力。由她含饴呵护捧大的两个孙子，必须离开她，同时离开他们熟悉的环境熟悉的生活熟悉的一切。

庭上，五岁的兵兵不露声色，少女菁菁，哭了。

庭上的老人志秀，也傻眼了。

法院开庭日 2014 年 3 月 11 日，那一天，距离兵兵出事的 2014 年 9 月 24 日，仅约半年。

山那边

2014 年春节，奇冷。山里飞雪。

公路伸向路基下面的镇政府长长的梯阶，与松软的泥土形成了一个约六十厘米高的狭长夹角。

大年里，鞭炮声偶尔从远处镇子的街上响起，夹角里，兵兵将地上的衣服一件一件罩上来，将自己捂得更紧了。夹角贴地的最深处，一只蛇皮口袋上面，放着一只小书包和几本作业本。

那些个清晨，镇里唯一的一班客车会驶过这里，车过时，黑黑的夹角口，会被车灯打亮，每当这时，兵兵会探出头去看。看看天亮没亮。

这情形，兵兵的婆婆是几天后知道的。那日镇上老了人口，她去帮忙，客车司机告诉了她。

老人跑到那里时，兵兵不在，她四下喊，找到兵兵时，镇口，外出打工的人们开回来过年的一辆小车旁，兵兵正在车边流连。

婆孙俩哭作一团。

除夕和大年初一，婆婆菁菁兵兵，这是婆孙三人一起过的最后一个春节。大年初三，兵兵说要去外婆家（兵兵母亲娘家），兵兵母亲打电话让去的。婆婆怀抱冰手冰脸的爱孙，迷糊了，"怎么在这里？你怎么在这里呢？！""为啥不回婆婆家呢？""你的妈妈呢？"

兵兵始终不语，一只小手的手背上，肿起了杏仁大小的一块冻疮。

十几天前，2014年1月中旬，兵兵的母亲向法院递交了"起诉状"。是不是，家庭的战火，已让兵兵嗅出了人世间的火药味道？是不是，两边都是亲人，都不肯退让半步，幼小的孩子，他选择了让自己退却……

那个节后，有人看见，兵兵去他爷爷的坟地悄然哭坟。

那个春天，兵兵的同学小邢操目睹，有一次，兵兵叫了一个同学的名字，同学白了他一眼反问，你为什么叫我名字？兵兵很轻易就说出了那一个字，"那我就去'死'嘛？！"

结束掉自己生命之后的兵兵，如今躺在母亲再婚后的那座大山里。

那日，志秀老人带我去镇政府前，看她的爱孙去岁春节曾匿身过的那个地方。公路对面走过来一婶子，婶子问志秀："你就不想去看看你的孙子，葬在哪里吗？"

于是他们搭乘我的车，我们一同去找兵兵母亲再婚后的家。

婶子只知道大致方向，我们走走停停问问，鼻子底下便是路。

有狗吠，有人出来指路，解围。一塆又一塆一坡又一坡，最后，一位年轻的妇女走了出来，她一双手在围裙上摩挲，"坡上，再走一段小路就到了。"

从公路岔入一旁的山坡，我们往上行。

一早山里下过一场雨，荒草肆虐，泥沼掩道。疑无路，更疑走错了路，前方不似有人烟。

踌躇间，迎面有老者过来。我们雇请老者为我们引路。

走了不知多久，远方，有了屋舍，屋舍小院前，一排低矮竹篱。

几只狗远远狂叫，老者解开篱笆进去了，寻了一圈，又出来了。不甘心，老者说，我们去林子里找找看，估计走不远。

林中没走几步，兵兵的"那边"爷爷出现了。他正寻他的羊。羊该归栏了。

篱笆内，绕过那排屋舍，我们径直往田地旁的一片树林里走。

小心，小心，"那边"爷爷一直提醒着。斩断挡道的荆棘，树林深处，一座小小坟茔的侧影露了出来。

"那边"爷爷举目说，家里的老人在上头，孩子辈分低，所以在下头。

几方山石垒在坟头，一年来，这是老人志秀第一次见到了自己的骨肉。老人扑过去，直接将自己的脸，贴在坟头后面的泥土上。她开始恸哭。

兵兵可能从来没有听见过婆婆这种凄厉的哭声。世间许多人估计也没听过。老人跟兵兵说："婆婆莫本事呀，养不活你呀我的幺儿……婆婆想跟你走呀，可是呀我走了，你的姐姐又怎么办……"

她用手去环抱坟，身体像更大的一座滴血的"坟"。

……

兵兵曾经住过的这个新家,母亲与继父在浙江打工,家里还留下一个同母异父的三岁妹妹。去年春天的每一个周末,还有长长的整个暑假,兵兵在此度过。

四开间的土坯瓦房,兵兵与这边的婆婆还有妹妹共住其中一间。那间屋,墙上一张寺庙里请的"劝世歌",屋中央一张新式大床,新式大床床头的背后,塞着一张小木床。其余别无像样的东西。

除了羊,家里养着十几只鸡,从前一旁池塘里还养着鱼。池塘前方有一条看不见的小路,小路是兵兵这边的爷爷每周一送他上学,每周五又接他回家时要走的路。这边爷爷和兵兵走,兵兵总是落下爷爷好一程路,独自行。

有心事时,兵兵曾躲进池塘后的一片密林里,一夜没出来。

兵兵喜欢这里吗?

这边的爷爷说,起先不习惯,后来习惯了。衣服裤子都是我们洗,不让他洗。娃小嘛。早饭给他泡一包方便面。话未毕,这边的婆婆抢过话,哪让他吃方便面,是我煮的饭,他每顿吃多大一碗呢……

"一"字形的土坯老屋外,这个家里的几亩田地敞亮在青石板铺就的院坝下。近处的地,打理精细,种着小菜,远处的田,一两块撂荒在那里。

也是老实人家,这边的爷爷憨厚地笑着,来客人了,他显得有些手脚无措。这边的婆婆进屋给我们取来饮料。老人志秀拒绝接饮料,院子里,志秀一直别过脸坐着。为我们引路的老者劝志秀。老者那日是上山来看他的哥哥的。深山中总共两户人,必经的那一户,就是老者的哥哥家。

他哥哥育有二子，一子是傻子，早年，被地里的东西毒死了。另一个是聋子，不知患了何病，三十几岁的男子，一年四季一丝不挂，哪怕是大冬天。怕热。

那日老者前去他哥哥家为我们问路，他哥哥出来指路的刹那，满头白发老人的身后，一个赤身裸体的青年男子也跟了出来……

志秀忘不了，去年春节她去那个石梯下的"洞"里给孙子整理东西，她看见那里，只余下孙子啃剩的半个苹果。

也忘不了，那次她去学校接上幼儿班的小孙女（兵兵姑姑的女儿），兵兵跑过来跟婆婆说，我想跟婆婆回家，志秀摸出身上的两元钱给他，说："幺儿呀，婆婆莫法带你走。"

小镇

很想探究兵兵之死真正的原因，但这又注定是一次不受欢迎的采访。

兵兵走后，学校赔偿了兵兵母亲各类补偿费用，计四十多万元。善后圆满，"保密"工作也到位。我是在山那边的广元市青牛乡，采访另一个留守儿童小燕子时，获知此事的。

去岁9月，今又9月。

2015年9月的一个周六，我进入了这所乡小。

学校宿舍楼正改建中，校门洞开。我往学生们的宿舍楼走，二楼，兵兵出事的那间宿舍门上，如今已挂上了一块"基建工程处"的蓝色牌子。所有孩子们的宿舍门外，低矮的鞋架上，整整齐齐列着一双双五颜六色的小童拖鞋。

三楼的楼梯口，兵兵生前用过的塑料洗脸盆，一只花色塑料杯子，还有课桌和凳子，都还在。陈列在楼梯口正对，一间由过道隔成的铁栏小屋里。

下楼来，我给兵兵昔日的老师打电话，那时她应该就在一楼某间办公室里，在一间办公室的帘子背后，一位老师却伸出头来相告，"她生病呀，刚走了。"

这个镇子面积不大，镇上的一个公告栏里"公告"写：常住人口一千两百余人，住户二百五十六户。但你目之所及，镇上的人，却少得可怜。

又是不是，因为"兵兵之死"的原因，小镇异常安静也异常敏感。才一天，我与我的同伴已成为这里的"名人"。连续两天在同一家小店吃饭，有人过来试探虚实，"让我猜猜你们的职业，推销保险的？"

我所入住的家庭小店，是兵兵的好朋友邢操的姑姑家开的。那日，放学回来的小邢操与我聊天，一个小孩叫他过去一下，再回来时，小邢操眼里噙满了泪。

我明白发生了什么。

兵兵事件，小镇上下，讳莫如深。

那天，我给发现兵兵夜宿野外的那个客车司机打电话，好半天司机说出一句话：好比一个伤疤已结痂了，你又去把它撕开……

那一瞬，不知为何，我走神了。

如果时光可以被撕开，可以撕开来如电影胶片般重新回放，那该多好。如果可以被回放，我所站立的小镇的镇口，不期然间，我会不会见到这样的场景：

兵兵的父亲健波，中学毕业后，少年模样的他第一次出门去打工。在厦门手术之后，中年的他又骨立归来。

兵兵出事的乡村小学

春尽枝头，小孩子爱吃冰激凌，养育菁菁兵兵长大的他们的血亲爷爷，用自己打短工挣的钱，买来一台电冰箱。冰箱从我眼前拐一个弯，运去公路下他们的家。

　　每个周一天不亮，菁菁的婆婆步行一个多小时，护送在外地念初中的菁菁上学。孙女上了渡船，婆婆经由我眼前，回到家，又送孙子兵兵路经这里去乡小。

　　兵兵的母亲打工回来，"不准回家居住"（"起诉状"称），徘徊，落寞，也应该，于此彳亍。

　　当然，兵兵最后被运走，也是从这里出发的。

　　作别弟弟那日，少女菁菁永远记得。

　　头一晚，有查房的老师来问，卫菁菁在不在？老师这一走，菁菁彻夜难眠。冥冥中有一种不安。一种大不安。

　　次日，职业中学的校长和老师随车送她去县城。车子开到殡仪馆时，她明白了。

　　菁菁抚摸着罩着弟弟的玻璃罩子，少女只有一个念头，她想跟躺在里面的弟弟说：如果可以重来，姐姐永远不会让你再离我半步！"我上学去哪里，姐就带你去哪里……"

　　志秀很后悔自己曾经打过爱孙。

　　爷爷卧床不起，菁菁去远处赶场，志秀拿出五元钱给兵兵哄他留下，兵兵把钱撕了。老人把孙子打哭了。"早知道他要去死，我就不该打他……"

　　还有一次，老师反映兵兵不好好听课，在教室后排睡觉，志秀去坡上扯一枝黄荆条子，在学校的篮球场上，把兵兵抽得直叫。

　　已是中学生的菁菁这些天有些着急。她的生活费用，"判"由母亲负责。而母亲关掉手机，已经有日子了。

清丽秀气的少女菁菁那晚看着我,您,能不能帮我一个忙?她说:"我想跟我的妈妈,了断母女关系。"

少女菁菁说这话的当下,这个夜晚,她在外打工的母亲,应该正在浙江某座工棚或者某处城里的廉价的出租屋里。

这个丧夫又失子的女人的故事里,会不会又有着另外一份心酸与大痛楚?

……

发现兵兵夜宿野外的那位好心肠的客车司机,如果此刻他愿意,我特别愿意将我的心思,和盘托出,讲给他听:一个镇子的痛是微痛,是微伤,中国有两亿多的农民工兄弟姐妹,他们的身后,有着近六千万名乡村的留守儿童。这些孩子的心理问题,远大于物质匮乏。没有任何人希望他们当中,再有"兵兵"这样的悲剧发生,那将是大痛,时代之殇。

如果他愿意,我最终想陈述的是,"兵兵之死",最让人不安的是,不仅仅是一个稚嫩生命的骤然消失,而是于这个发展变革的历史的节点上,平畴沃土上的血脉子嗣们,一旦丧失了"爱"的能力,长长的一世,你会去担心,我们还有没有去造福社会,同时,获得个人"幸福"的能力?

……

周五,逢场。街面一共十来位老人卖菜。其中两位老汉,其余是妇女和老媪。他们售些自家地里的小菜、鸡蛋,还有自家做的豆腐和魔芋,蒸的馒头和包子等。也有外乡人开来两辆装有时令水果和糕点的车子。

周六,镇上的公职人员离开后,镇子愈加寂静。

那个正午，我入乡随俗，捧着一只大碗边吃饭边去街上叫我同行的义工女子吃饭。"凤——"，我一声唤，过了一会儿，无人的街面，七只小狗出来了。再过了一会儿，四个小童现身了。

外出打工的人们，他们离乡背井、胼手胝足挣回钱来盖起的小楼，此时，放眼望去，鳞次栉比，两层楼三层楼高的那些漂亮的楼宇——这个寂静的小镇，仿佛深夜里、蓦然间被皓月照亮的，白昼。

（本文中涉及的未成年人均为化名）

吾乡

吾 乡

一

"前世，我是做了什么坏事吗？"她立在门旁。身后的泥墙及周遭，将屋内的光线吮吸殆尽。"不然，我的命咋会这么苦？"她问。

华发满头，她将发丝熨熨帖帖别在脑后。发梢处，团成小鬏。

因为身子羸弱娇小，恍然间，你总以为，一个女孩在暗处絮絮呢哝。

我将"小女孩"——满眼泪花的老人——淳英揽在怀里，"我们去屋外坐下来慢慢说，好吗？"我说。

于是，金秋，在秦巴山南麓的群峦之中，四川广元苍溪县月山乡的这座小山村，在一排"尺子拐"土坯泥屋半开半合的晒坝里，我倾听——

淳英，1950年出生，书只念到小二，家里要替队里养牛，母亲需要帮手，一对弟弟妹妹需要照顾，她辍学了。

从河坝那边的小山村嫁到这山里，那年，淳英十八岁。

夫家人口单薄，丈夫是养子，也是这户朴素人家的唯一子嗣。

土屋，老灶，门前有老树，有狗。抬头处是田垄，是菜畦，是沟壑。她与她的公公、婆婆、丈夫，还有之后来到人世的她的三个乖巧女儿，一家人就这样安安静静在这里度着时光。

她很满足于这样的日子。一只狗有时莫名地空吠一声，感应似的，整个山坳里的狗，都次第叫开来，大欢大愉地叫。日子很慢，天亮时着衣下床，照料家禽牲口，照料人，然后出坡，与丈夫一起不紧不慢打理田地。

门前树上的柚子、梨子或者邻家的橙子太熟太沉，常常沉闷的一声滚落到地上，怔得看家的狗儿一凛。那些田里陌上，水面上的家禽，白天孩子似的往外跑，天色将晚未晚时，又牵着线似的一只只自己把家还。

这个小家庭的平静，是六年前被打破的。

深秋，地里点小春作物时，淳英发现老伴新奎总捧着腹，汗珠缀在额头。她陪他去看乡医。医生回，慢性胃炎。

每天一服中药，山里人，就这样将息着。

新奎的疼痛在加剧。后来，山坳里，谁家都能听见新奎于病榻上的沉吟。三个女儿分别在上海和四川的广元、巴中打工，淳英给远在上海一家工厂做工的大女儿玉琼打去了电话。孩子们长大了，父母成了孩子们远方的需要呵护照料的"孩子"。

淳英送新奎去县城医院检查，诊断结果，肝硬化。

长长一年多的治疗，新奎最终还是走了。走在第三个年头的初春。

这个小家如果没有那些个意外骤来，土屋里的那些日子对于自小吃过苦头的淳英而言，应当是如意吉祥的。但淳英遇上了。她的公公和婆婆，都是带病而走的。

给新奎烧"三七"那日，那个黄昏，淳英独自往山上走，心事重重，新奎葬在远处的山腰里，烧完纸下山的路上，一截树枝拦路，淳英被轻轻一拌，一头栽在了地上。

人如入魔中咒，她就那样倚着山石枯枝，动弹不得。

她八十三岁的娘家母亲，第二天从山下上山请来了医生。那时淳英方知，自己肋骨多处骨折。

一年后，淳英在上海做工的大女儿玉琼被查出肝病。

所有的劫难对于这个只剩下女人的家庭而言，来得太急太快。玉琼做手术那日，从广元和巴中赶去上海的玉琼的两个妹妹，径直跪在医生面前，怎么唤，都不肯起来。

但医生打开玉琼的腹腔后，未敢去触碰那个"瘤"，最终还是缝合上了。

在四川，在秦巴山脉深处的这一户农舍里，那些日子里，淳英泪水滂沱。她的娘家母亲那日再度从河坝那边上山来，老母叹："我都八十多岁的人了，老天爷要带就把我带走吧，把我的孙女，留下！"

回家后的头一天，淳英记得，母亲还下田割了谷子。那个上午，母亲晒好谷子，做好午饭，手起手落端碗吃饭的刹那，她倒在地上了。

突发脑溢血的老母从发病到离世，仅十五天。

但老天爷并未顺遂这位八旬老妇的心意，她的孙女依旧病着，孙女与病魔拉锯抗争如今已三四个年头。上海打工十年攒下钱在广元置下的房，卖了。前后八次手术引流腹水，如今，她的孙女玉琼的腹部，伤痕满布。

远离"尘世"，不谙人间事，晚年的淳英今天仿佛如梦初醒，她没有购买"农保"，而一户仅能有一次机会的"低保"资格，她又让位给了急需用钱、病中的玉琼。也就是说，每个月，走过了一个多甲子的淳英不比其他山居老人，她没有任何现金收入。

老伴走了，两个小女远嫁户口被迁移，淳英、玉琼，以及玉琼丈夫和女儿，一家四口人的几亩田地，成为老人淳英晚年每日每时生活的全部意义。

此外老人所养的一头猪，一群鸭，其中五只老鸭，十五只小鸭，这些，成了这位山里母亲经济来源的重要依托。

淳英拒绝了孩子们的邀请去城里生活，倒是几个孩子在城里所吃的米油等等，差不多都源自于老人，源自那几亩良田。

淳英悉心侍弄着那些土地，那是一位山里母亲的另一种"盼头"。我去的头一天，据说，淳英正好托镇上的长途客车司机，给她远在广元治病的大女儿玉琼捎去了二十斤米、一壶油，还有一百个鸭蛋和一只老鸭。

山里人过日子，地里有嘴里就有，钱，孩子们尚可想法筹措，让这位个子不足一米五高的母亲愁肠百结的是：可还有回天之药，可救她的大女儿玉琼的命？

"这一世，我是连蚂蚁都不踩的人……"

晒坝里，瘦瘦弱弱的淳英，用满是老茧的一只手去拭泪，而另一只眼里的泪滴，又盈了出来。

二

每人六元钱，村里几十个青壮年包下一辆解放牌敞篷汽车。早春，风寒料峭，但淹没于人丛中的少年勇益，并不觉冷。

从白驿镇，过苍溪，到广元，少年乘了大半日的车。车到广元后他与兄长方知，此去开往河北的列车的所有车次的车票，早已售罄。三个少年——勇益、勇益的哥哥，还有勇益的一位同学，所带干粮悉数用尽，他们索性睡觉，展开行李，睡在露天的列车站台上。

第四天他们上了车。购得站票的他们坐在厕所旁的过道上，有人看见，不时，他们中的其中一位，去卫生间的水龙头下，掬一捧水，润润嘴唇，然后饮咽下去。

饿了整整六天，到达河北那晚，砖厂的老板做了一大锅面疙瘩，转瞬间他们给吃了个精光。

三个少年睡到翌日落日时分才醒来。

那一瞬勇益想到了他于十二岁时写下的一篇作文，《我的妈妈》，老师念给全班同学听——

妈妈在他七岁时过世了，九岁的他，那年终于有了人生的第一双鞋。那是他的奶奶找本队的人要来的一双鞋……打记事起，妈妈总是病恹恹……

是什么因缘让勇益迈出了这一步？继母？担心父亲在继母与他兄弟间两头为难？家穷，还是只想跟着哥哥走出去？那一年——1990年，白驿镇岫云村辍学的少年陈勇益，十六岁。

"童工"陈勇益，在这家砖厂所干的活儿是运砖。用手推车转运砖。四五百米不等的一段路，他来回运送。每趟能挣到五分钱。

这种简单的工作，少年最没有把握的事是，半尺深的雪，车轮碾在上面，车与雪梦魇般纠葛缠绵，使不上劲儿。

年末少年回家，他带回了现金两百多元。

此后的岁月少年一路打工，从少年打到了中年，从孩子，打成两个孩子的父亲。

文化不高，打工生涯的勇益最难忘的是那一回。

"人进砖厂，牛进磨房"。初春，他的哥哥与他商量，听说煤矿挣钱多，那么一起去山西挖煤吧。他们买了去山西的票。

煤矿在深山里，山上无水，生活用水得由毛驴一趟一趟驮上去。初来乍到，兄弟俩站在窑口，没走几步路，不敢前行了。"尺八煤"——最高处约八十厘米高的一种煤窑，从里面出来的人，他们看见，除了眼与牙，浑身漆黑。

夜半，兄弟俩起了离意。他们跑出约两里地时，后面有了"追兵"。他们翻山越岭，往人迹罕至的地方跑，往有沟壑的地方藏，整整颠沛三日，他们终于脱险。

最后一次打工是2014年。去新疆，勇益独自乘火车去的。一下火车，四下戒严。后来他知道，他所乘的那一班车次与新疆乌鲁木齐火车站"暴恐案"，从时间来看，刚好擦身而过。

那期间，受困于工地的日子里，躺在工棚里的四十一岁的陈勇益开始自问：我为什么要出来呢？人在外，如今活难找，薪难讨，背井离乡……

——不出来，真的，不行吗？

——我为什么要出来？！

三

其实，80后大学生李君，从2008年，就开始思考他的小舅舅陈勇益六年后才开始思考的问题。

苍溪，距地震极重灾区广元青川县不远，2008年"5·12"那天，李君从"那一刻"开始，一直给父母拨电话。无法接通。夜里，终于联系上了母亲，母亲的第一句话是："要死，我们一家人，也一定要死在一起！"

以志愿者的身份，李君从成都星夜兼程往家赶，往生他养他的大山里赶。这一趟回家，他至今未"返"。

大山里出一名大学生不易。

20世纪90年代初，山里的孩子，仍旧会为每学年并不多的学费烦恼。交不上学费，老师会让那些孩子站着听课。小李君就是那些孩子中的其中一个，常常，他孤零零地站在自己的课桌前。

上学放学路上，大眼睛圆脸的男孩李君常常一边走一边哭。儿时，他听见妈妈讲得最多的一句话是，等卖了猪，妈给你交学费。

男孩的妈妈后来去集市上摆地摊。逢场，他的妈妈把从县里进来的针头线脑日用百货，列在街头。某日，李君看中了别家地摊上的一件夹克，八块钱。他去找妈妈。妈妈自是不允。李君从场头哭到场尾，那天他的妈妈也来了气，追打他，从场头打到场尾。

更小时，家里建房，请来人烧窑，两斤肉要待两天的客。是不是知道无望，小李君站在院子里抽噎跌足："老子要吃肉，老子要吃肉……"

愤怒的"老子"没能如愿。

去成都电子科技大学报到那天，他的母亲也是第一次上成都。大学坐落在建设路附近，母子俩站在建设路边问道"建设路"，一位三轮车夫走过来，拉着他母子跑了一会儿又回到了原地不远处。李君的母亲下车后哭了。不仅仅是为了那三元钱的三轮车费。

那时的李君只有一个想法，留在这里，要成为这座城市的主人。

与李君当年一起打拼的大学同学舒义如今已是一家即将上市的公司的老板。2008年，李君辞别故友，回到了故乡岫云村。

那日他径直去找到村主任侯俊益。他问侯叔，我怎样才能留下来，同时能为家乡父老做点事。

他侯叔使出一计，先做村主任助理，然后参加一年后的村支书选举。

全国最小的"官"，而且是这个小"官"的助理，拿着这张"令牌"，年轻人李君自费出发了。

他去名噪一时的彭州市宝山村取经，村支书贾正方慷慨捐资十万元，以资助岫云村道路建设。苍溪县的地产商冯文忠后又捐资二十万元。至此，遥远的小山村岫云村，后来有了那条如锦似帛缭绕在崇山之中的水泥路。

之后，村民小组的"组"级公路，也次第贯通。

岫云村村党支部换届那日，二十五岁奶气未脱的李君站在台上，全村二十七名党员，他得二十四票。

2010年后，静下心来的村支书李君开始和"班子"成员思考另一个大问题。农村如今最严峻的问题是什么？乡里没有人。劳动力大量外出，家里留下老人、孩子和妇女，他们怎么办？农村经济怎样突围？

那日一位看着他长大的老人取笑他，"你们干部让我们去做的，我们偏偏不会去做，有本事，把我家养的鸡呀鸭呀猪肉呀，给我变成钱！"

"乡村经济"的个体性、它的"小"，小到如费孝通时代，费母当年出嫁时，他母亲的母亲陪嫁给女儿的是一台织布机。以个体以家庭为单位，小农经济小规模经营，点点滴滴的家庭细小经济补给，构成了20世纪一辈又一辈人，乡村自然经济的基础样态。

岫云村与中国大多数的乡村一样，林林总总"规模化"种植过不少果树与经济作物，但最终这种"规模化"给山村带来了苦果。曾有村民把一种叫"脆香甜"的柑子，给村主任侯俊益家门前垒了一地。

李君悄悄回到了成都，他念大学的地方。他从成都请回来了摄影师，给村里的每一个老人妇女和孩子拍照。他要给城里人在乡下找个"亲戚"——让城里人吃到最放心，最天然的绿色食品。同时，给他家乡的父老乡亲——那些老人、妇女以及形单影只的孩子，给暮气沉沉的山村觅一条出路。

几十个笑靥如花的老人、妇女，还有留守于家的孩子们的彩色照片，印刷在了一张鲜艳瑰丽的宣传单上。李君记得拍照那天，山里的人们奔走相告，许多老人一世都没出过大山，过世时，子女们在他们过年返乡拍的全家福上"挖"出一个头像，了事。摄影师进山了，有讲究的老人蘸着清水梳头。头，梳了又梳，衣角整了又整。

李君拿着这些宣传单开始去成都为他们寻"亲"。

机关单位是进不去的，他去民营公司。公司一般设四道岗，第一道是大门，第二道是办公楼门，第三道是部门经理门，最后一道，才是他要找的"寻亲"对象，总经理。但是每一道门，都不是为他而开的，无论机关还是民营公司，所有的大门外都贴着纸条，"推销人员禁止入内"。

李君站在门口佯装等人，员工刷卡进门的刹那，他瞄准机会，尾随而入。一道一道"防线"，他就这样突破。

好几次，总经理靠在老板椅上，斜睨他。李君跟对方说："我不是乞丐，我的父老乡亲们也不是，我是村支书。"

许多时候，话说不下去了，他垂目端详宣传单上面的那一张张他熟悉的脸。

苍溪，国家级贫困县，他所在的岫云村，耕地六百五十九亩，荒地占二百四十亩。全村九百四十四人，四百多强劳动力外出，村里如今剩下，老人三百多人，儿童七十多人，妇女几十人……这是这个村庄的现状，也是今天大多数中国农村的一个缩影。

他抬起头来继续迎战另一道"防线"，现代社会，人与人之间的彼此信任。

2013年4月，"合村并校"关张多年，杂草丛生的岫云村小学，那锈

岫云村几十个笑靥如花的老人、妇女，还有留守于家的孩子们的彩色照片，印刷在了一张鲜艳瑰丽的宣传单上

蚀门锁再度被打开。全村老少都来了。他们来到这里欢迎来自成都、重庆、绵阳还有乐山的两大车"亲人"。这一天,远方亲人们一下子在这里签订了约五十三万元、由村里的老人和妇女们"生产"的订单。

农妇郑慧家用粮食和青菜青草饲养的生态猪,那时当地市场价行情一千多元一头,远方亲人"以购代捐",给出了每头三千元的爱心价。村民一组小组长李雪云老人家的生态猪,也以同样价格成交。

村主任侯俊益算过一笔账,五十三万元的订单,按岫云村留守在家、尚有"生产"能力的一百八十六个老人和几十个妇女计,可实现年人均增收两千多元。

"省亲"现场,二十八岁的李君,他记得自己只对他的父老乡亲说了一句话:贫穷不是别人施舍我们的理由,我们有手有脚,我们要活得,有尊严!

四

大山里,每一位耄耋老人,每一位背着重担蹒跚行走的妇女,都是"远山结亲"计划里的生产主体,一个独立"生产作坊"的有价值的工人。

"作坊"大了,对接每一个作坊的端口,变成了岫云村"农村合作社"。如今,有了民间资本的进入,"合作社"升级成了"电商",已步入公司化运作。

电商的末梢,一端在乡村,一端接都市。城市客户如今直逼五千家,签约生产合同的乡村"作坊",目前已上千户。

今年三十岁的李君未曾想过,自己有一天会办起如此规模庞大的养殖场，在没有半寸工厂厂房的前提下。

　　李君爱发微信，他的"朋友圈"里，转发有这样的内容："农业资本化威胁中国"。

　　文章讲述香港理工大学学者严海蓉和四名青年学者在"三农"问题上，发出的与"主流"不同的声音。中国农业正在经历前所未有的变迁，学者们认为，城市工业资本大举进入农村，是与广大农民争夺利益，而不是形成互补，这是当前"三农"问题面临的新挑战。

　　在这群年轻的学者们看来，小农经济，小规模经营，仍旧是我国当前农村的经济主体。

　　他爱在"朋友圈"里发感慨：

　　广阔天地大有作为（晒家乡风光）。

　　九十岁的老人（一老人田间"生产"背影）

　　老了就回农村吧！（点评转发文章《揭示4600万老年农民工生存现状，夹缝中的苦与累》）

　　……

　　李君的语速不算快，但在交谈中，信息量大，亮点多，那晚在他家乡小镇的一家客栈里聊天，我不得不收起笔开启录音机：

　　"跟Uber经济一样，利用互联网来解决市场刚需。Uber是将民间闲余的私家车辆，分享于社会。我们现在做的，正是在利用这种分享经济模式，来解决生态农产品的卖出难问题，继而解决生态农业的刚需问题。"

　　"互联网的出现，不是'消灭'农民，而是保障最末端农民利益，让农民利益更大化……"

"互联网只是工具……"

落在实处，我可不可以这样来理解淳英老人，公司数月前签约的这位乡村"工人"的利益——

公司目前给淳英签订的"合同"，事关今年和明年。今年淳英家愿意出售的只有三只老鸭，每只按八十元计，如果立即出售，老人足不出户，能收成二百四十元。

明年，老人在喂养自家"年猪"的同时，完成"合同"里一头生态猪的生产任务。合同价，这笔收入两千元。除去现金成本购买猪仔四百二十元，十个月需要喂养玉米五百斤、黄豆五十斤、糠五百斤，以及田间地头的草料等，因这些粮食都是自产，如不纳入现金成本核算，按村主任侯俊益的计算"公式"，淳英的纯收入，可在一千五百八十元。

侯主任的算盘也敲过另一笔账，如喂养饲料猪，生长周期虽短，一年理论上可出栏两槽，但除去饲料费用以及市场销售价格因素，两槽猪收益相加，与一头生态猪的价，相差无几。

年收入一千五百八十元，平均每月约一百三十元，这差不多是一个农村老人一个月的"农保"，加上一个月"低保"的进账。也是一户普通山区农家的"底气"，家底。

五

"云无心以出岫"，白云深处的岫云村，于梁上俯瞰，有如童话般旖旎。鱼塘恬静，山影廓然。灰瓦白墙的农舍，如玉似佩，散落点缀。李君说，可别看表面，其实，他们比任何一个地方的农民更贫困。灾后重建，国家补助建房款，这是好事，可是家家攀比，家家盖起了小楼房，几辈人的钱都用进去了，因此，他们负债更多。

因为负债，这个美丽的村庄势必还会"空"上一阵。

农村劳动力"回流"难，有人说，岫云村"远山结亲""让留守的人们有尊严地生活"，是一盏"灯"。

这"灯"的意义，我理解——

老有所为。

倦鸟知返。年逾不惑的李君的小舅舅陈勇益，去年返乡就业。如今他是"远山结亲"计划团队的一员，月薪两千元。每天，他穿戴如都市"白领"，走村串户，与他熟悉的土地上的人们用乡音交谈，签订"生产"合同。"远山结亲"创意在乡间生根，如今这一模式已在岫云村以外的几个村庄拓展。

三位应届毕业大学生下乡"打工"：

李军之：四川理工学院毕业，人力资源管理专业；

向文科：西南科技大学毕业，工程力学专业；

李钉生：四川理工学院毕业，生物技术与应用专业。

农业问题是中国的现实问题，谁能说这些学子们，他们不是在困厄之中击石取火、推进中国乡村文明进程的薪火传递者？

那日，勇益去回访他的签约农户、月山村的淳英老人，他带上了我。淳英家是勇益及同事上门去签订的第四百七十五单生产合同，如今公司签约农户已达一千一百余户。

水塘边，李君、勇益、我，我们站在那里。淳英早上给鸭子用半成熟的米饭拌的糠食，一只瓷盆搁在塘边。我看见，淳英家几只已一岁半的老鸭在水面，破冰似倏地，破出了几缕，银丝。

山光日影,天地,静冥。

六

逢集,那日我和勇益去白驿镇赶集,白驿镇邮政局支局长胡泽勇对我讲,八九十年代,这个镇,在外打工的人邮回来的钱,全年在二三十万元。那时候五千元,就算大额存款。而去年(2014年),镇邮政局收到的款额,已达一个多亿。

数字改变着乡村,改变着乡土中国,而这些惊人的数字,遽然又消融在眼前的乡村的哪里了呢?小楼房、还贷、婚丧嫁娶、医疗救急、子女教育、人情支应、创业、投资,还是别的什么地方?

中国乡村目前最大的问题是什么?

资本化农业,谁是利益主体?

如何拓展新型农业,以城市资本为主导的农业规模化,可是乡村突围的最佳出路?

农村劳动力外流,当前农村"结构性"力量,在哪里?

打工者"回流",他们回来之后,能做什么?

留守老人,留守儿童,老有所养,少有所教(家庭教育,而不是把孩子抛给留守老人与乡村小学),怎样建构乡土中国于此方面的道德认知与法学认同?

"换工互助"时代的乡村良风美德,那个令人魂牵梦绕的"故乡",可还能回,如何回?

那些空村、鬼村,谁是它们未来的主人?

因病致贫,货币化贫穷,外出打工,可是这些问题解决的唯一途径？

　　……

　　差不多在近一年的时间里，因为爱着，牵挂着，我于四川秦巴山脉周遭，于这一片广袤丰饶土地上的山水阡陌间，进行着一程肉身和精神上的行走，一如信徒，一步一顶礼。

　　我总去问我所见到的老人、妇女、孩子，村主任，老支书，以及路边、田间地里的百灵，乃至草木。今天，我也问眼前、不时站在扶贫励志领奖台上，趔趔趄趄跌跌撞撞探出一条"小生产＋大合作"路子的年轻人，李君。

　　因为一时无答，我如弃婴，阖目，蜷缩着。

谁在卜算生命的成型(后记)

书稿于去年底完成。记得那晚,合上电脑的刹那,我深深叹出一口气。

有些记忆是注定合不上的,比如,从2014年10月至2015年10月这一年间,我所踏访之地——川陕交界的四川境内的秦巴山区,在那里,我所见到的一切。

期待自己,不要过度阐释你眼中的乡村;期待自己,不要刻意去放大当时的某种个人情愫。这些文字,我于半年后的今天重新翻开它、审视它,我期待自己的记录,平实,真实,诚恳。

一

"兵兵,仿佛注定是活不了的……"我总这么跟朋友叹。

兵兵父母这一代人,一出生,仿佛就是为了成年之后,离开故土,进城打工。

打工人挣来的钱,在乡里,第一要义就是盖房。那一年,兵兵的父亲,一背篓一背篓背着沉沉的水泥石灰砖头,从镇口,背到杂草丛生的镇尾建房。预计三层的楼房建到一层半时,钱不够了。他停下工程,与妻子再一次进城打工攒钱。

　　在陌生的大都市,兵兵的父亲,做了第一次癌症手术。

　　父亲走后,他年轻的母亲改嫁,入住另外一座空山中。不久,母亲与继父也外出打工。

　　兵兵与村庄里所有的小孩一样,是随爷爷奶奶长大的。空山里,这样的老人与小孩的关系,是祖孙,似父母。大山仿佛已容不下有活力的年轻人。这时节,请问,有谁能告诉我,年幼的兵兵,该安身何处?

　　镇尾,最终落成的那幢新楼,成了兵兵母亲与他奶奶反目的导火索。法庭上,那一天,听到自己被判由母亲抚养时,兵兵面无表情。

　　爷爷离世。最后的那个春节,有小同学看见,兵兵独自去他爷爷的坟前哭坟。小孩坐在嗖嗖寒风中,嘤嘤抽泣。后来某次,兵兵告诉同学,他躲进了漆黑的深山老林里露宿。

　　最后一个春节,兵兵回奶奶家吃了他于人世的最后一餐"年夜饭"。

　　大年里,他说他要去看妈妈,背着小书包就走了。几天后,人们发现兵兵卧在镇上公路边的涵洞里。洞内狭小,三角形的夹角最高处,不足六十厘米。

　　奶奶跑去找到小兵兵时,看见爱孙的一只手背上,起了一枚杏大的红红冻疮。洞里,只剩一个啃得剩下一半的苹果。

　　最后一次兵兵奶奶与爱孙相遇,是在那年秋天。奶奶去接兵兵的

后 记

小表妹放学,兵兵跑过去:"奶奶,我想跟你回家……"

"么儿呢,奶奶莫法带你回去呀(无抚养权)……"老人抹着泪,拉着兵兵小表妹的手往校外走。

很小的一件事情,那个初秋,兵兵自缢了。

或许并没有发生什么事,值日生很正常地让他交作业。就着上铺床的铁栏杆,九岁的孩子,一件秋衣作绳,了断了自己。

一个九岁的孩子到底想要什么?有没有人,做过最深最透最痛的思考?

兵兵的老家里,有一面墙。墙上的"壁画",是兵兵的作品,是那年五岁的兵兵跪在父亲的病榻上画的。粉笔,如剑,如戟,如厉风,如电光,在墙上左冲右突。一墙弯弯曲曲粗粗细细乱麻一样的线。线团中,偶现一张童颜。童颜有眼无珠。口,半张开着——名画《呐喊》一样张开的口。

据说,兵兵的父亲走的头一晚,昏暗中,这位年轻的父亲,一直在掐着指腹,盘算(文见《清秋》)。

二

"那些人去哪里了?他们为什么要离开自己的村庄……"总有人爱这样问我。

去年中韩作家交流会上,韩国作家郑容俊诵读完我的《一户人的村庄》(节选)之后,他也问。

我该怎样作答?

被看作一个国家文明与社会进步尺度的"城市化",农村劳动力转移，英国早在 11 世纪便开始萌芽。英国，因此而成为西方发达国家之中，"最早完成劳动力转移的国家"（《英国农村劳动力转移与城市化》谷延方著，第 287 页）。近现代，拉美等国家和地区也早早翻过了这一页。而这些国家和地区当年所经历的一切，我们，正在历经。

中国的自然村落，正在以每天八十个左右的速度，遽然消亡。*

记得那个上午，我远远地望着韩国作家郑容俊，"就在我们开会的当下，在我回答您问题的刹那间，或许，在中国某一片土地上，某一个村庄，它正在悄然落幕……"

作答的当下，我的大脑里，储存的，是这样的影像：

四川渠县龙潭乡老龙村——

被当地人称为"鬼村"的第十一村小组，弥漫的浓雾中，蓦地显影出一座老院。老屋的檐下，风车依旧，石碾依旧，拌桶依旧。一旁的牛棚猪圈、塑料罩子里的电表、老屋里腾空而建的粮仓等等，统统依旧。而早无人烟的空村，我们来路的两旁，昔日村里人为发展副业遍植的茶树和翠竹，满山遍野，疯长。

四川万源市庙垭乡名扬村——

老举人张玉恩的第六代后人张德金，立在一座空空的旧院里与我聊天。他的身后，那些远走他乡的血亲们的电话号码，歪歪斜斜，用粉笔留了一门。而这个曾经的望族，那间老堂屋，那个曾经祭列祖拜高堂的神圣之地，一丛竹子从屋顶霍地蹿出，肆意招摇。

---

* 数据来源于光明网 2013 年 1 月 14 日转载《海南日报》之《中国每天消失百个自然村，传统村落急需保护》一文。据悉，中国文联副主席、国务院参事冯骥才近日透露，相关部门最新的统计数字显示，十年间，一天时间消失的自然村大概有八十个到一百个。

四川广元市柏林沟镇——

古蜀道上曾经的一条老街。街头，一座古庙，一棵古柏；街中，一座骑于道中的古戏台——魁星楼；街尾，一条小河，清清冽冽地缓缓流淌。无人的古镇，几位留下来的耄耋老人，黄昏时，总要坐在各自门前，那一抹古铜色夕照里。一切，恍若一叠黄卷，戛然复活。

城市似一方"磁铁"，起初"吸"走了他们的孩子，城里拥有大工业时代所赐予的一切。年轻的孩子们要去圆梦。后来，磁铁又吸走了孩子们的孩子，再后来，中年和老年的他们也开始动摇。

我告诉郑容俊：他们中，较多人去了不远处的小镇，住了下来，住在他们在外打工的孩子们置下的新房里。他们替远方打工的孩子们，照看孩子们的孩子。他们中也有人随远方圆梦的孩儿，永远地去了遥远的他乡。

三

四川省社会科学院社会学研究所李东山教授，喜欢打比方。

"这一幕（中国农村劳动力转移），很像英国历史上'圈地运动'那一段。那一时期来自农村的流动人口，构成了整个英国城市工厂最初的工人队伍。"

"他们（国外）的工业化道路，到现在已走了几百年。个中演变，他们只能从史书中看到。这好比从猿到人，他们只看到结果，看到的是人。而我们不同，我们的农村劳动力转移，我们的城市化进程，起步较晚，我们所看到的，是整个演变过程。是从猿到人，蜕变的全过程,是细节……"

"我们与他们所不同的是,我们,多出了历史上的'户籍制度''二元社会'这一段……"

拜访李东山教授那一日,省社会科学院办公大楼三楼的窗外,半截小指粗的电缆,从墙后秋千似的弹出一弓。一只小鸟飞来歇脚。小鸟自然看不见窗内的老教授在桌上,将历史斩成一段一段的手势。它顾盼,雀跃,啁啾。

电缆线因它而晃荡,它也同时身处动荡中。

午后的阳光,把那一只小鸟的羽毛,照出织锦一般的迷蒙辉光。

四

贝奈戴托·克罗齐说:"一切历史都是当代史。"一切当代史,当然也即历史。

中国农村劳动力转移是一个大的史学和社会学命题。

一年来,我背负行囊走进山中,乘火车、坐汽车、自驾车,也搭乘山里人的摩托车。没路的地方,我步行;没旅店的地方,我住村主任家、村小教师家、留守儿童家、普通农户家。不少友人问我,"为什么?"

生逢这样一个历史的节点,我为那"阵痛"之痛而痛,一如十月怀胎,一朝分娩,疼痛在所难免。而作为写作者,我又感到自己的幸运。

人生,或许,我们每一个人注定会有许多的"课"。倘若它注定是你要补上的"那一课",那么,我唯有选择安心地去做。

生活永远大于文字,我所能做的,只能说,譬如是,一粒微尘,际遇另一粒微尘，际遇微尘众。譬如是，一种微小，在感知另一种微小的真切存在。

仅此。

感谢我所敬重的李敬泽老师，于百忙之中，为这本小书作序。感恩！

熊莺

2016年5月1日于成都

致谢

爱心人士：陈黎阳　杨红夫妇
　　　　　刘小蓉女士　王凤女士
　　　　　白涵女士
感恩所有给予我帮助的人与机构！